隐居人间

A Life Of Seclusion
In The World

丹淇

/著

穿越万物，遇见自己 / 在心的浪起浪息中
如是存在 / 看一场心念流星雨

黄河出版传媒集团
阳 光 出 版 社

图书在版编目（CIP）数据

隐居人间 / 丹淇著. -- 银川：阳光出版社，2016.12

ISBN 978-7-5525-3398-9

Ⅰ. ①隐… Ⅱ. ①丹… Ⅲ. ①诗集 – 中国 – 当代 Ⅳ. ①I227

中国版本图书馆CIP数据核字（2017）第005577号

隐居人间 丹淇 著

责任编辑 李媛媛
封面设计 礼孩书衣坊
责任印制 岳建宁

黄河出版传媒集团 阳光出版社 出版发行

出 版 人 王杨宝
地　　址 宁夏银川市北京东路139号出版大厦（750001）
网　　址 http：//www.yrpubm.com
网上书店 http：//www.hh-book.com
电子信箱 yangguang@yrpubm.com
邮购电话 0951-5045842
经　　销 全国新华书店
印刷装订 广州星河印刷有限公司
印刷委托书号 （宁）0004076

开　　本 787mm × 1092mm 1/ 32
印　　张 6
字　　数 200千字
版　　次 2016年12月第1版
印　　次 2016年12月第1次印刷
书　　号 ISBN 978-7-5525-3398-9
定　　价 29.00元

目录/
Content

2013年 / 2012年

2011年 / 2010年

2009年 / 2008年

让一本书去遇见一个人

《隐居人间》发起“精神的供养”赠阅计划

让一本书去遇见一个人，让一个人去遇见自己。这是发起“精神的供养”免费赠阅计划的初衷。

《隐居人间》以诗洗心，是一本关注心灵成长的灵性诗集。是一本向所有走在心灵成长之路上的生命致敬的诗集。

请相信，这本诗集不会无缘无故出现在你的生命里。你是它的路，或者，它是你的路……

在心的层面上，万物互为通途。

而在茫茫宇宙，地球村的每个人都在以一种独特的方式隐居人间，相互陪伴。

即使我不认识你。但我感受到了你的陪伴。在足够庞大的空间里，保持着足够的距离，我感受到了万物的陪伴。无数事物的存在皆在成就这样的陪伴。

愿我也能用我所走过的路，和我在人生路上浅薄的知见，陪伴你的某个时刻，穿越，看心景万千。

赠阅《隐居人间》，愿它能成为一份精神的供养，随缘流动，进入每一个生命“路”的通途。

对诗集感兴趣的朋友，可以通过邮件留下你的联系方式，我们将把诗集邮寄给你。联系邮箱：jingshengongyang@163.com

让诗歌自由去旅行。让“精神的供养”变成更多生命相互分享的一种模式。感谢你！感谢一切存在！

精神的供养

感恩所有不认识我的人
用距离陪伴着我
隔着一个个城市，一座座山
在茫茫人间擦肩而过

无数的肩，在虚空擦出火花
你若走在我走过的路
我的沉思已化成泥土
谦卑的伏在你脚下

所有用沉思铺成的路
迎你徐徐走来，就已成风景
陌上花开，我一生的善意
都供养给虚空，和无意经过的你

请你走过我的沉思，走向辽阔
伴着时空的蝉鸣与夏风
每一条路都在目送你离去
在万物的祝福里，走得更远

“精神的供养”发起人　丹淇

以诗洗心，一个观察者的内在世界

《隐居人间》诗集自序

不仅仅是我。在我的感觉里，每一个人都在隐居人间。

人间，是一个心念与情绪的熔炉，无数人无意识的自焚于其中。

心绪越波动，越喧嚣，越泛滥，则自焚之火越大，越深陷人间。很多人倾其一生，就是想遇见那个小火慢炖的自己，在一定程度上跳脱人间的束缚。

退到宇宙深处。用足够大的视角远观人类。你将发现人类在心念与情绪中的沉溺，无觉知，和由此引发的一系列行为，事件，达到匪夷所思的程度。比如战争。大大小小，生生灭灭，遍布身心内外。

而相对于茫茫宇宙，和无数的其他星球，地球就像是不知是谁用意念设置的一个小小明点。落户在地球这个小明点上的任何生命体，皆处于隐居状态。即使我们的自我折腾得再厉害，心绪再喧嚣，再波涛汹涌，也无法改变我们隐居于宇宙小小一隅，和人类个体如微尘般存在这个事实。

有趣的是，我们即使小如微尘，意识之心却可以容纳整个宇宙！

而从更淘宝的层次来说，那么庞大的人间，那么茫茫的宇宙，仅起源于、存在于、生灭于你的一个个念头之间，这不是一件很神奇的事情吗？没有你那一个个念头，这一切会是什么？没有那一个个念头，哪来的“人间”？哪来的“宇宙”？哪来的“起源”与“存在”？哪来的一个个概念名相？

一个古老的命题：先有鸡还是先有蛋？

亲，可不可以既不是先有鸡，也不是先有蛋，而是先有我们升起的这一个念头？没有我们升起的念头染污，一切都如是存在。既无先也无后，既不好也不坏，既不高也不矮，既不美也不丑……

我们活在有史以来所有人类和其他生命从远古至今所创造的二元世界里。因有觉识的加入，这个二元世界才波澜壮阔，无限缤纷。但我们又往往囿于自己的认知，被心念搞得晕头转向。

意识到这些，我渐变成一个观察者。学习观察自我心绪，观察人间万物。学习抽离现实，退隐于一个更有利的角度。学习质疑一个个起伏不定变幻莫测的心念。这是一个有趣的开始。

我喜欢观察者这个角色。即使技之甚拙。但胜在难得喜欢。

我们用不着急于逮捕一个个问题，也用不着急于释放一个个答案。只要观察，深入而抽离地从不同角度观察，这已等于坐拥一支宇宙级的远征军。

我且带着胆怯之心，说完这一大堆宏大的说辞。因其宏大，很多东西非一言两语能说清。至此，相信你已发现，用《隐居人间》来做这本诗集的书名，并没有想象中那么逸美诗意。

但不管怎样，人间，咫尺天涯，感恩与你在一首诗中缘遇。

每一个心念都是一颗流星。每一首诗都是一场心念流星雨。我呈现我所能呈现，你遇见你所能遇见。一千个人眼中，有一千个哈姆雷特。愿我们能在不同的视野与角度里畅游。

以诗洗心。一直以来，我关注心的成长，多于关注诗的完美。

与其说这是一本诗集，不如说这是一本“想多了”的心念集。多年洗心，自娱自乐，不曾想就累积了这些诗。若有一天我不再“想多了”，想必也就偷着乐，无诗自侍，无语自持了。

一直不敢以诗人自居。对于诗歌，和在诗歌上有追求的诗人，我总是心存惭愧。就像是我借用了他们最宝贵的东西，却从未认真对待。因生性闲散，无大志，一直未把写诗当一回事。从一开始，写诗于我，不过是一个文体的选择。

喜欢写东西，是因为从小到大活得敏感痛苦，想通过写东西理清自己的想法，从痛苦烦恼中穿越。这是我写作的重要目的。

从小就开始写日记。后写散文。还折腾一部小说。皆为自娱。但越写感觉越累。字太多，耗费时间、精神、体力，和我闲散的天性冲突。弄得有一段时间，连字都不想写。

之后看到自己的文档里，有很多半途而废的文章，仅有题目，写了几句开头，却再没下文。它们打击了我对一切事物喜欢完整的天性。但我原谅自己："好吧，不想写就不写了。写东西原是为了舒心，怎能越写越添堵呢？以心为重，其他，无可无不可。"

而重点在于，那阶段父亲去世，精神崩溃，进入了忧郁症状态。加之在广告公司任职创意文案，天天要挖空脑袋想，让我对于"想"，对于文字的厌倦，达到了极致。并为此远离了广告界。

也就在这极致之后，无意识的转向了写诗。有一搭没一搭地写着。很多诗写了就删，如同清零自己所有的坏心情。不关心诗歌是什么。没兴趣看别的诗人怎么写。也不在意自己写得好还是坏。随意率性，挥手而就，转身就忘。想怎么短就怎么短，完全没压力，但它又满足了我对事物完整性的要求。诗，总是易于完整的，只言片语，余味在心。而更符合我当时黑暗心理需求的，是诗歌可以像"江湖暗语"一样，你能肆意说一些只有自己懂，别人却只能猜测的秘密隐语。诗歌这种文体真心是契合了我当时的心境。

那时的诗，是我的突围之战。在文字里突围比在现实中抓狂，代价要小得多。现在回头看看，特别感恩，那只在黑暗中托着我的文字之手。它一点点把我从黑暗中拖出。直到现在，我仍能错觉性的听到，它拖着我时费劲的喘气声。

当然，突围完，黑暗之诗也删得差不多了。本诗集并没有收集那时的突围之诗。更多的是2008年之后的休养生息之作。但命运起伏，黑暗的侵袭于漫漫人生在所难免。重要的是，经过黑暗洗礼后，当再次面临黑暗，我已有了更多的警觉。每一首诗都像是我的局部人生。每一首让我感觉艰难的诗，我已习惯性地本能为它寻找出路。就像为心灵的每个艰难时刻，下意识地寻找出路。

我的诗歌之路是从黑暗开始的。对诗歌所有的追求，就是我对心的追求，从黑暗走向光明。

对于这点，我深感庆幸。一个人能从暗里走出来，发现万物存在的美好，不亚于活出一首诗。说这句话不是因为矫情或骄傲，而是真心感激自己，感激所有在我生命中呈现的一切，感激所有爱护我、帮助我、支持我、成就我的一切力量与生命。走到今天，我终于窥见了一点光。并更深地意识到，所有的光，都在我的狭隘之外。

我还有很远的路要走。

仅以这本诗集，向所有走在心灵成长之路上的生命致敬！

丹淇

2016年8月于广州五羊新城

2015年

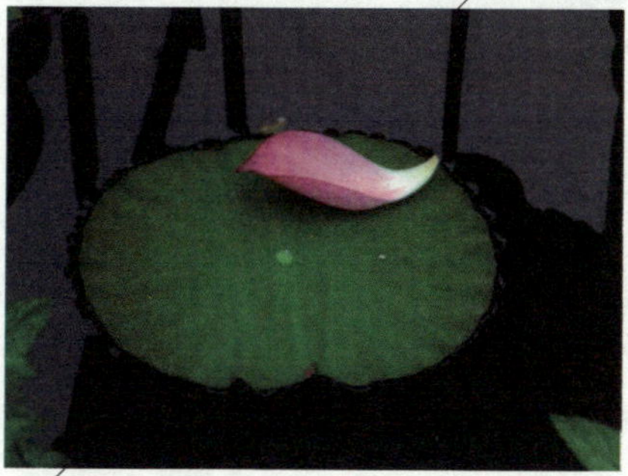

2014年

人间是一个充满悲悯的词

空花。浮影。心念流星

内在的喜马拉雅

你无法看见我的汗。此刻的汗是
充盈时空的笑意。攀登内在的喜马拉雅
真理的高峰，禅坐在宇宙原点
像一个稚童插于地上的枯枝
在过家家的游戏里
盛开意念之花

泡茶。看轻烟缭绕。看升起又隐没的
此刻。看我的汗，笑意
在喜马拉雅山脚，仰望一壶茶
没有我的角度，没有人类的角度
没有其他任何生命体的角度
没有时间与空间的角度
“茶”的外衣被一层层脱去
在没有角度的视野里裸奔
禅坐于宇宙原点。它调皮而笑
“你真的认识我吗？”

我不认识“茶”。万物如是存在
内在的喜马拉雅，攀登没有角度的高度
自体于自体内瓦解。我笑笑
盖上壶盖。一壶茶如是存在
倒出浅黄的液体，轻握茶杯

像握着一杯冒烟的“理”
握着万物所有的角度
与唇的距离

法云安缦

漫步人间，觉知是当下最远的远足
秋树的光影，捧出法云安缦
一个素朴又轻奢之梦
像国王素衣斗笠，手执月锄

凝望灵隐的烟火，僧影尘事
凝望携梦远来的人们，仓促离去
古老的村落，长着青苔的围墙
一夜微霜的沉思

暮鼓晨钟。深刻理解了繁华
与一切保持适当的距离
即使脚步在它身上行走，法云小径
也是一位坐直了脊梁的隐士

黑瓦屋檐与老树，在岁月里长谈
路过人间的人们，短暂地休憩
在法云安缦，坐观浮云
重建一些内在的秩序

和一朵最美的微笑谈恋爱

戴着水晶手链与你遇见
记忆中的清晨
和一朵最美的微笑谈恋爱
天国的风在你唇边荡漾
它吹向我，吹向
那些擦肩而过的事物
鸟鸣，花香，温柔地低伏在人间

所有的美好都已被阳光复印
我看见，万物的目光悠远
万物的微笑在你身后
一一呈现

我所穿越的路，我的脚步声
渐渐宁静安稳
我微笑着走过的每一步
都弥漫着与万物恋爱的味道
就像“我”被稀释在一朵朵紫薇花
一株株无名小草

之后，整个人间只剩下
一颗被万物温柔捧起的心
像风一样微笑。并把这一朵微笑
献给途经的每一个人

心之铭印

那些隐藏着故事的斑驳底片
像铭印尘封在意识之湖
我送走了使君子。陪伴我六年的记忆
带着我的祝福，长在异域

这是一个被台风设计的临界点
足不出户的我，有了更多的理由
走进阳光里，去探访一棵植物
探访一个个心念，清洗心之铭印

囿于花盆的植物，渴望一片深厚的土地
我轻易理解这一点。就像理解无数人囿于高楼
那些种植躯体的二房一厅花盆
深藏一朵朵心花，对大自然的向往

而此刻的使君子脱离花盆
获得了深厚的土地
获得了一个足够庞大的游乐场
它像欢快的孩子，肆意攀爬

无数离开我都过得更好的事物
谢谢你们给我信心。我也终将离开我
离开一个个生锈的心之铭印
像一阵风，进入浩瀚

一席茶事

在日子里翻新日子。我勾引自己
去喝茶。用最认真的心
做一件不曾认真做过的事

花五天时间，淘一套田园风茶具
竹垫，小花瓶。摆出大自然
在道途中被捡拾的素雅，方寸茶席

远观，近看，绕着桌子转。每天
从不同角度欣赏，像看望一位新朋友
之后心满意足，欢喜离去

茶就等在那里。小陶瓶里的铜钱草
是整个茶席的观察者。它看着
迟迟不入席却心满意足的主人，哑然失笑

三天后，端坐茶席。微笑的铜钱草
陪我喝茶。缓慢的动作带出某种厚重的清晰
茶如童年的故乡，晕染，渗透

一席茶事。在我的“认真”上重建
我终究是认真了。掏尽情感，风月已远
放下。笑笑。喝一杯人生好茶

与空走一条放下想象的路

远离高谈阔论的人群。你走在路的右侧
左侧留给空。在荒野，与空为伍
空是路的呼吸，你是路的心跳
你们走了从太阳升起到太阳下山的路
走到寂静深处，相视而笑

风雨后，有了一颗与空相伴的心
这无处不在的老朋友，庞大
辽阔。把无数未知的礼物馈赠
你接下那些未知，打开

多么万能的空！任何程序
都在它里面运作。起心动念是空的种子
而你曾在空里那么深入的种下“好与坏”
今天所有结果，不过是在空的深处
遇见了因缘甚深甚深的事物

水仙花开了。闻着花香就已经很幸福
你没想过要种的植物，种了
你没想过要遇见的人，遇见了
所有生命中呈现的“没想过”
如今都让你深入的想了又想。你笑笑
这样的笑是荒原的格桑花
漫山遍野，放肆地开着
与空走一条放下想象的路

隐居人间

忘却宇宙王者风范。远离苍穹
不再向每一颗星星行注目礼。此刻
夏夕暮，星光长袍，你拎着青菜与盐
拎着地球万有引力，隐居人间

“大师，醒来！大师，醒来！”
宇宙无数的呼唤曾涌进你的梦
星光带被挥洒成一支光芒闪耀的权杖
你躲避权杖。在宇宙中逃跑
像跳跃深渊，跳过一颗又一颗星星

大师是谁？如何醒？为何世界在摇晃
你站在不知名的树下，看着不知名的人们
觉得每一个人都是大师，躲在地球
被神秘波频追踪，解构

他们都来自哪个星系
他们的背后牵系着怎样一个网
夫妻，子女，朋友，谁都没有真正的认识谁
离世的人被召回宇宙深处复命去了
活着的人面目模糊，在人间隐居

人间是一个被心念密封的罐子。你辗转
在罐子里，看着自己，像看一个陌生人
一个陌生人陪着70亿陌生人，隐居人间
觉知着心念，像觉知着变幻的密码此起彼伏

看一场心念流星雨

感觉这一生有一件非常重要的事，必须去做
可长久无法明白，如此重要的事
究竟是什么

念头像一颗颗流星，连绵不绝
划过我内在的天空

从不停歇。我追着一颗颗流星
飘离。迷路。流浪。痛哭。精疲力竭
在一个接一个的念头之间
在宇宙的光速里，飘了三十多年
我离自己究竟有多远

“你竟然会相信一颗流星”
耗尽所有痛苦，追逐了若干场流星雨
之后，我像一台被程序操控的电脑
看见了自己，在条件反射里无意识的运作
被蒙面刺客般的念头，一剑封喉

转身。自救。放榜宇宙，寻找高手
在人生的高地建立自己的观星台
邀请苏格拉底与释迦牟尼佛一起喝茶
畅谈“认识你自己”。我像好奇的孩子
顺着佛指向虚空的手，观看一场场心念流星雨
序破。余情了。脱下浪漫女主角的外衣
不再千里风月，追着流星的尾巴许愿

某种特质

吃一个不知名的果实。吃掉它的金黄
吃掉它的甜。吃掉它身上内存的阳光，风雨
记忆。吃掉它的DNA，轮回
吃掉它的名字，存在

你究竟吃了什么？它真的只是一个果实吗
吃了这么多，你还在饿
一个不知名的果实率领着千军万马
率领着整个宇宙，存在
浩浩荡荡进驻你物质的胃

你想躲过那些目光如炬的人
怕被他们认出具备了某种特质的自己
你的人生不动声色
吞咽一个个存在，消化一个个宇宙

之后，逆光。低调。神秘而笑
注视充盈体内的千万个宇宙
气质优雅地站在物种的源头
每一粒DNA都有它独特的风度
而你，是一位风度解读者

春天原谅了一个不懂笑的人

“谁都曾触碰到生活具有破损性的那一个面向”
你严峻盯着一只蝴蝶飞过，一树含笑展颜
我从侧面深深看着你，带着笑意
却想象不出你的笑。你双唇紧抿
牙齿是囚徒，牢牢关在嘴房
深刻的法令纹，像设了密码的锁

而阳光那么耀眼！温暖如小白兔
窝在你唇上。它让我冲动
想拯救被你囚禁的每一颗牙齿
想挖掘你天真烂漫的笑
嫁给从银河系来到你唇上的阳光

神秘光瀑把所有的爱，倾泻在你身上
长光波与短光波是尽职的开锁工
正在竭尽全力打开你的唇

“你笑笑看！笑笑！”
你有些愕然地看着我，尴尬一笑
那些被释放的牙齿雪白的一亮
在春天里转瞬即逝
一颗笑的种子掉到地上
春天原谅了一个不懂笑的人

无名之书

一群蝴蝶带着使命，涌进午夜的梦
无数硕大的翅膀扇动，如潮水
一本无名之书在翅膀之上被托举，飞向我
散发着奇异刺目的光影。我退避
却像路是路的尽头，无路可退
无名之书在刺目光影里，消融进我胸口

醒来亮灯。看着接受未知使命的胸口
一本无名之书，一群硕大蝴蝶
如逆光的背影，站在梦里
与一些厚重的事物窃窃私语

想为梦中那本书，找到适合的名字
可我感到惶惑，心跳激烈
怀揣一个未知的使命，站在镜前
在午夜打量自己，一切变得突兀深邃
忽然害怕自己的目光，害怕眼睛在眼睛上的落点
别过脸，望向窗外，喘气

每一个生命都在未知中。摸索前行
一个人的午夜，一个人的镜子
多么庞大。它照向虚空
路是路的尽头，无路可退

我并没有远离你

喜爱一切距离
也喜爱一切距离之外的亲密
那只我曾救护过的小鸟，再次来访
跳跃于窗外的绿枝
离我的眼睛1.5米距离
我的目光却早已化成它身上的灰羽
安坐在一只鸟的灵动里

你以为我远离了一切
远离亲人，朋友，远离嘲讽，赞美
亲爱的，我只是想亲近“自己”了
在“自己”的世界里
我走近了亲人，朋友；笑着接受嘲讽，赞美
在语言无法抵达之处，万物充满秩序
亲密地活在我心里

我放飞了心里所有紧握着的小鸟
并相信每一只小鸟在辽阔里
比在我紧握的掌中
更能活成一只完整的小鸟
所有无限辽阔的背景都已融入这样的完整
这是我给你的礼物
亲爱的，我并没有远离你

为一朵花安排旅程

无数花朵，在风中勇敢离开枝头
期待一趟神秘之旅
我是一个陪伴落花的导游
为无数的花朵，安排最后的旅程

那朵路上捡来的紫荆花
偎依在水晶手链旁，夜色深远
一盏小灯温暖地照着她们
她们成为好友了吗？分享了什么秘密呢

直至她枯萎，扶起她
我依然相信有一个美丽的秘密
在这个空间隐伏。她最后的密友
水晶手链散发着独特的光芒

我相信一朵花，她的心装满了爱
她并不是真的枯萎，她在安静睡去
大自然所有的美梦
已与她为伍

只是抱歉，我忘记了窗台的花盏
正盛着半杯水等待一朵花降临
那朵离去的花，知道还有半杯水在等她吗
她会在另一朵花所有的美里轮回吧

没有一点美被错过

风信子的蓝变成了褐色，如卸妆后的女人
我走向她的风华落尽，举起剪刀
却发现另一种美的秩序，凋残之花
孕育的种子，嗷嗷待哺

在春天，放下剪刀。转身
像一个保姆，照顾怀孕的风信子
观察它越来越鼓胀的腹部
播放《花之冥想》

欣喜于所有的生命，厚重而深入
没有一点美被错过。轻浅地
赏惜一抹蓝，与爱上它鼓胀的肚子
都同样意味深长。我接过风信子的通行证

有了适合喝白开水的心境
这无色无味的汁液
它问候我，像我的左手
问候右手，十指相扣，温暖平凡

每一棵树都是我的倒影

每一个离去的人都曾来过
我站在你站过的人间
目送一棵陪伴过你的树

每一棵树都是我的倒影
我远远地看着自己，也看着你
看着所有的事物日渐消瘦

悄无声息走过，那些远逝的时光
每一片叶子与风的交谈
都是你的日记

我是你遗在人间的一颗细胞
寄存在漫无目的的情绪里
像拖着沉重的行李，在虚空旅行

那些被我深深灌醉的意义
在花开后躺下，虚弱地朝我笑笑
我们像陌生者，彼此打量

终于不必向自己介绍自己

请你一定要听见我的笑声
它刚与久远虚空里的笑声拥抱
回荡在被曲度拉伸的原点
夜空是我古老的斗篷，被点燃
星光璀璨

不快乐的人都曾无数次自己绑架自己
我曾押着自己走了那么多年
走进废墟，心的荒原，暗的深处
此刻我深刻地意识到了这一点
并大笑着为自己松绑
我的绑架生涯终结在一念升起之处
每一条意念的河流都脱缰而去
哗哗欢叫，奔向远方

在念与念的生灭里，我不是第一次
来到人间，也不会是最后一次
谁知道我是谁呢
终于不必向自己介绍自己
虚空里的笑声稀释掉一切

每个时刻的风都在用自己的方式吹拂万物
也被万物吹拂
请你一定要听见我的笑声
就像你在笑，万物在笑
所有的笑叠在一起，如梦幻泡影

人间的甜品

人间的美那么绚烂
悲伤与快乐皆是一件件衣衫
脱下，穿起，裸心而行的人
像无花果布丁走进烤箱
一遍遍将自己烘烤
烤成人间的一道甜品

只是一枚无花果布丁，卑微存在
它怎会知道自己的味道呢
感谢你的笑容，和背转身滑落的泪水
亲爱的，它们是无花果布丁
藏在人间的嫁衣

打开礼物一样打开自己
那些命运的脉络像一篇篇散文游记
天亮了，甚多无足轻重的事物
干枯地躺在记忆的抽屉
被从一亿五千万公里跋涉而来的阳光
站在窗前默默注视

时间之药

整个世界都在摇晃。头晕的阿婆躺在床上
像一片枯叶，飘荡于汹涌的浪尖
她看到旋转的我，握着她的手
而我终究无法成为定海神针
阿婆目光昏暗，吐光胃里所有食物
还给这摇摇欲坠的世界

我按摩她掌心的劳宫穴
渴望按摩出一座宫殿让劳累的她休息
并唠叨着按摩一件件往事
直至她睡去，而我刚刚说到
一个她没听见的重要情节

小时候，她背着我在巷子走过
脚步声敲打晨光，砖墙斑驳
炊烟带着人间的消息，飘向天上
那一刻的宁静祥和，像一张天堂的请帖
涌进一个孩子的灵魂

阿婆，请你记起炊烟，记起人生的晨光
在最难受时，唤醒珍贵的时间之药
生命是一场说脱链就脱链的旅程
我们把美好打包，装进记忆
寄给旅途中狼狈的自己
难过时，可以一边微笑一边泪流

安那般那

被风雨清洗过的事物
在清晨醒来。安那般那，出息入息
呼吸。如此简单，不被定义
世界因此而存在

觉知呼吸。在地球母亲的胎盘里
每一个人都拥有这条神奇的脐带
安那般那，行走在虚空
像美丽的极光荡漾

温柔的伏下，鼻息贴着大地的芬芳
或闭目仰脸，感受太阳晒在万物上的味道
你穿越所有的“你”，一无所有
仅余安那般那，像风筝之线牵着你飘荡于虚空

不再惊惧坠下，也不再艳羡升腾
脑海内所有喋喋不休的声音都已安息
就像你活活地安息在红尘
脱下衣衫一样脱下自己。无名之物绽放

软任务

扶起一棵被风吹倒的绿萝
并在它跌倒的地方
站立良久

与一株迎面摇摆的金露花打招呼
仿佛它是这个清晨
不期而遇的老朋友

把一些撕碎的食物
放在蚂蚁必经的路旁
祝福它们拥有富裕丰足的生活

总在经过一些仿佛与己无关的地方
做一些仿佛与己无关的事
而到最后一切仿佛都与自己有了深刻的关系

我仿佛在执行内心深处的软任务
只因所有的“仿佛”都如此熟悉
就像很久以前我曾在另一个世界如此生活过

在我还未真正认识自己之前
那些生命的底色
正在神秘地一一呈现

你将有一次伟大的旅行

你降临人间的那一刻，太阳，月亮，星星
已在宇宙中光芒万丈，会聚成
一枚美丽的出生公章，照耀着你

你将有一次伟大的旅行。在灵魂深处
窥见圣星百合的印记。岩水洗涤。禁语

爱在母体里，是一株粗生粗长的狗尾巴草
你却像公主迎风落泪，徒生脆弱的虚拟
当确知这一点，已泪流二十五年

之后笑啊，像孩子被挠了痒痒一样笑
笑到泪水照亮所有时光
笑到爱如千千万万狗尾巴草的种子
随风飞扬，随地而生

万物都没有名字
是谁把一个个名字贴在它们身上
是谁把这里变成人间
你理解了，一次意义深远的旅行
心经过的地方，觉知启航
穿越一个个心念，像穿越一片片丛林
嗡　达列　都达列　都列　梭哈

让路经过你

你说想了很久才走出这一步
我理解你的“想”
像公鸡需要负起母鸡的责任
坐立不安在孵蛋
你一直在孵化自己的“想”
只是亲爱的
想太多了会失去直觉这位老朋友
人间哪里不是路呢
并不是好的地方才叫路
走路就是走路
请相信你的每一个细胞
都知道路的去处
每一步都有它独特的意义
怎么走都是对的
让路经过你
所有风景
藏于内心深处

让风把你吹向万物

在你还未到达的舞台
无数热闹已过去

一再迟到
无物可炫耀
三十年独享一窗阳光
身体鸦雀无声

寂静，人间最后的心跳
你侧耳倾听

一个人捡起神谕
松果落地并不是它的最终归宿
化成尘或归于虚空
或成为你……

好吧，你这就去将长发洗干净
站在风必经之处

让风把你吹向万物
无声而笑。在万物里漫游
陌生者，一如既往，安住陌生

菩提

把一朵疼痛的花献于佛前
你合十跪下
携着60万亿细胞匍匐于地

轮回的DNA是一本古老的日记
光与暗的故事
漂泊的执念演绎了千万次

不再追问自己是谁
无数的种子在萌芽
无数的意念被一一拱起
无数的你被时光稀释

那个跪着的人
那朵疼痛的花
寂静绽放
像跌落人间的一颗菩提

没有目的地跪下
没有目的地站起
你看见没有目的的自己
目光悠远迎接某些事物的降临

你在绽放的平静与观察里

静坐窗前
或窗，静坐在你的面前
你们简单地拥有一窗风景
在绽放的平静与观察里
倾听一些隐居的生命

每一棵植物都有神秘的笑脸
它们像心电图
感受你的每一个意念
感谢此刻陪伴的绿萝
让午后的时光谦卑而柔软

风在万物深处游走
每一棵被深爱着的植物
都应该有一个美丽的名字
它们在你的人生散步
是暗藏着另一种面貌的自己

目光温柔地落于此处，彼处
当你能感受到一棵植物
也在深深地注视着你
你在它们的世界里
必定也有一个幸福的名字

爱还在路上

那些爱花的人说
现在几乎看不到真正的玫瑰
我们总是被化妆后的月季包围
它们是人间的“捞屎”

Rose，boy or girl
想想那些情人节被献出去的爱情
月季的孩子，徘徊花，刺客

其实你不介意这些
你早已走出过于渲染的故事
十年前你已遇见一些更真实的生命
清晨，乡野小路，大地献给你
一路谦卑的野花，朝露，风语，蛙鸣

当你能倾听一朵朵野花
在屏息与呼吸间
相亲相爱
你一定不曾错过所有风景

玫瑰，或月季。那又怎样？
人间没有似是而非的爱
只是爱还在路上
就像你，一直在路上

空寂之树

无数花朵，侵略一棵树的王国
像爱情侵略一个人的躯壳
你曾深爱着那样的侵略
就像自己肆意的侵略着自己

你总得走过那些过于招摇的美丽
无数人期待花开
也无数人目睹花落

你终会发现，人还是那个人
树还是那棵树。无关花与果
故事落幕。一棵原来的树
也是一棵现在的树
你不再在一棵树上看到时间
看到悲伤或喜悦
你只是看见一棵树
它的呼吸是你的呼吸
万物在呼吸里，归于空寂

所有的事物都在脱落
脱落于心的挂系
你也脱落于你。像泪水下坠
泪水脱落于泪水

沉默以爱

月亮，请照向我的故乡
让光华满野
让稻谷丰满
让沉睡的孩子做个美梦
让即将离去的老人
心中安详

月亮，你是神的目光
阅读每一个生命
你沉默以爱
你是此刻
宇宙深处的寂静
流经每一颗心

那个仰望着你的人
她是你的影子
那么遥远地投射在人间
温柔地抱抱她吧
让她记起你们共有的梦想
伸出爱的指尖
用光去触碰万物

异国

每一个人的体内
都有一个异国
你无法办签证
无法到达

他是一杯烈性的伏特加
扑面而来，燃烧
你侧身避过

有一些痛来自前世
你的今生已结痂。经年悲喜
不再对一个陌生的异国
好奇或沉沦

那些擦肩而过的情爱
像上校的勋章
夺目，却与你无关

虚空花

醒在醒里，醒来
睡在睡里，睡去
你闻到芳香，或心被烤焦的气味
虚空花，在红尘种下自己
一缕意识，万千思绪
有或无，不过一个故事

浮华尽，挑灯倚窗
举针缝一件脱线的毛衣
你来，或去
不过是针下的一线行旅
只是那一刻
忽然想听听自己的声音
举目间，轻叹一口气
却被你听去

叹息里没有真相
你猜测些什么呢
不过是一些情绪如泡沫
涌现，又瞬息散去
其实，我从未真正的遇见你
在你的目光里
我遇见的不过是自己

彤的秋千

所有的风景都来自内心深处
外在境况只是一面镜子
在生命的每个时刻
我们遇见的都是自己

摇晃着秋千就像摇晃童年
你的童年，用目光从星星上摘下神喻
一个坐在秋千上的女孩
永远不会老去

终有一天你能理解，一架安静的秋千
就像身边最亲近的人
你稍时离去，它都还记着
你躺在上面看书的样子
记着你不时与路过的风
与身旁的花草
用目光闲聊两句

亲爱的，深情有时深得很浅
无以言语。仅是用目光闲聊两句
一架秋千它在阳光下，那么温暖的晃荡
像一些熟透的关系，像明的笑容
默默经年，在你身边绽放

寂冥海螺

搁浅是另一种美丽。壳是另一种语言
你所走过的大海风浪
越来越遥远

如此寂静。像人间所有的宣嚣都已被收起
若还有一滴泪水凝固在心里
那必定是神的恩赐

一无所有
也终于，一无所惧
这不就是事物本来的样子吗

你爱这人间
每一粒沙都是一条路。每一滴水都是一份情
那么多路那么多情涌向你，完成你

沙滩是大海的屋檐。你站在屋檐下看这人间
而你又将会是谁的风景呢
谁站在宇宙更深处静静看着你

必定有那样一种目光是你无法想象的
它一直活在你的灵魂深处
引领你踏上回家之路

这安享的盛世

牵着微风散步
枕着空气入眠
若有青莲呈现心波
必定是这寂静在寂静中绽放

拾阶而上的脚步
沾湿夜梦的青苔
一秒一秒迁移的时间
在月光里铺织成夜的婚纱

唯有那么多人那么多人睡去
夜才能呼吸

白天才能到来
神才能完成
那些在梦中披上婚纱的生命

一点一点给予
却没人知道
这安享的盛世
在风到来之前
在鼾声响起之后

有一匹马在你的嘴里奔驰

孩子，这一顿早餐你吃了很长时间
索然无味，挑剔一粒粒萝卜干
好吧，你还无法领略一粒萝卜干的美味
那就让我们来倾听，你咬向它那一刻
咯了，咯了，咯了咯了，咯了咯了咯了
“有一匹马在你的嘴里奔驰！”

你惊奇地笑了！像一个勒马观察的公主
来，再吃一口青菜吧
让嘴里变成美丽的大草原
你的萝卜马儿在草原上能跑得更快
咯了咯了咯了咯了

你夹起一粒又一粒的萝卜干
像牵着马绳把一匹匹马儿赶向草原
来，再喝两口粥
你的马儿跑得太快口渴了哦
好吧，你还要为每一匹马儿命名
追风公主，飞马王子
公主和王子说他们想要一份礼物哦
那就吃进一块腊肉和荷兰豆去送给他们吧

善良的你最后竟认真地说
你要多吃些粥和菜
为每一匹马儿都储存足够的粮食

一个躲着的童话

八岁的小男孩写《秋天来了》，词穷
描写苹果，雪梨，西瓜，仅一句“成熟了”
他吃过水果，从没见过水果的植物妈妈
“成熟”像一个巨婴娃娃
占据他所有的想象力

我深爱小男孩的眼睛，它清澈明亮
它可以看得更远，或更近。他忘了看见
秋天的布法者站在他家门前
金灿灿的田野，稻穗谦卑弯下腰
朝土地深深鞠躬，感恩大地与农人的馈赠

他也忘了看见，秋天更深处的风景
我们共度的中秋节，明月千里
群山隐去。孔明灯在天上飞来飞去
我们曾那么兴奋地一起尖叫
期待有一个孔明灯飞临我们的阳台

秋天躲在眼睛里。我将拎出
一个躲着的童话，播种在小男孩心里
那里细节丰盛，有故事，有食物，有风景
那里秋意漫舞，万物存在。Super Man
正在系着他的披风，准备出征

黑暗骑士

在黑暗中穿越的人
更容易看见光，看见自己
黑暗总是特赦黑暗。别逃
成为它。你是它特赦的某个部分

风语。虫鸣。树的呼吸
面具。桎梏。心的起伏
所有你穿越的事物
都在涌出光芒

黑暗是一件光芒万丈的斗篷
披着这件斗篷在风中疾驰
电光火石的人间
像母亲温暖的子宫

之后，也许你能明白
我们都是沉浮在概念之泳中的溺毙者
做着一个光明与黑暗的梦
梦里的那个黑暗骑士
就像一个老农闲坐门槛
迎着晨光编织的凤凰
五分钟后，将为它画上眼睛
你能等五分钟吗

这种没有光彩的卑微

命运只是嘟囔了一句
你却已万水千山历经风雨
匍匐于低处，更低处
这种没有光彩的卑微像一个仆人
照顾着你

用30年的时间站起
做一个站着的婴儿
一边遗忘一边在人间散步

只是你终于知道
人间没有高处与低处
当我们越走越远
所有高处和低处
都不过是别人眼中的地平线

而你看到的地平线
它收纳了一切
它是人间的皱纹
无数微不足道的故事隐藏其中
波纹不惊

阅读

小鸟阅读天空
天空阅读了小鸟翅下的风

种子阅读土地
土地阅读了一双播种的手

月光阅读黑夜
黑夜阅读了一扇打开的窗

命运深深地俯下
阅读了我
而我一无所知
在匆匆赶路中
忽然看见那条突兀的生命线

终于低下高傲的头颅
阅读自己
像一朵匆匆绽放的花
在它的基因里
阅读季节

一些灵魂的浮光掠影

这个早晨，我问候了
足够好的自己
问候了刚刚醒来的晨光
问候了窗前的黄菊
问候了一条小虫

然后走很远的路
漫无目的
问候了一双被雨淋湿的鞋子

买一些正在打折的衣服
意味深长地定义为这是今天的礼物
问候了人民币兄弟
问候了通货膨胀这位远房亲戚
问候了人性弱点这位蒙面人

好吧，我此刻的此刻问候了
一首诗的诞生。并获悉
人间的每个时刻都是缪斯女神的生日

在此之前的那些时光
我问候了佛
问候了爱
问候了宇宙和人间
问候了内心深处一个小小的愿望

没有任何名字适合于你

你有那么多的害羞无人看见
一片叶子能炫耀什么呢
它捂着自己的脉络
陪伴花开，花落

这世界有无数眼睛
是被开关控制的电灯
不是太阳
它们无法普照万物

所以你并不难过
你有那么多的害羞藏匿于暗处
像眼睛藏匿于黑夜
存在，却无法呈现

不再苦苦寻找一个恰当的名字
来突显暗处的轮廓
除了直直地抵达与生俱来的天赋
没有任何名字适合于你

无尽夏

披着圣袍的教皇合唱团
在听觉里巡视，神性落在
没有尽头的夏天。像一个客人
你躲在空空的身躯里

每一个旋律都迎着神的目光
你在听觉里披上一袭长袍
无尽夏，无尽夏
是你的名字

走进这连绵起伏的天籁
像走进大山
你伏在无人处痛哭

无关天堂与地狱
一切都是这无以名状的情绪
像一条没有尽头的路
塞进你心里

你理解了一颗坚强太久的心
像枯树被天籁安抚忽然冒出绿叶
而那片唯一的绿叶
像个幸运的孩子
泪流满面

我对你始终感到陌生

一个在心里隐居的人
活在十一月的天空
感激热气腾腾的老朋友们
一个又一个的电话
总是他们找到你
像翻寻旧物

在你看见自己用僵硬的姿势
站在它怀里时，十一月的天空
盛载着风信子的倒影
那么清冷寂远的过往
步履蹒跚一一朝你走来
爱一个人像搬一块巨石
你搬着自己

走到风信子花开的地方
掏出轻盈。一块巨石活出风信子的蓝
你打电话给自己
寻找一个叫“如是”的人
“我对你始终感到陌生”

使君子在向南的阳台失去花期

去吧，那些被风压低的欲望
去弯下腰。面带微笑
捡拾一片被遗下的纸屑
这是你的征途

你曾多长时间不想做自己
躲进一个虚拟甜蜜的命运
以为四季都是春天

使君子在向南的阳台，失去了花期
你终于知道，向南
并不意味着有更多的阳光

可是你还是忍不住惊叹
多么神奇，那么粗生粗长的使君子
竟能失去花期

你大笑。看着被风压低的欲望
烟花般盛放。这个炎夏是一出戏
你关闭空调，轻摇蒲扇
朴素地睡去

深深走进寂静的人

在这座无名的山林
寂静是一条不可捉摸的线
它连接所有事物
寺庙的钟声远远传来
像一颗一颗被拔动的念珠
被寂静串起

小鸟偶尔鸣叫
风掠过，树叶吟唱
你的脚步声
它们是水晶，月光石，青玉
寂静一一把它们串起
献给山林女神，一串美丽的项饰

深深走进寂静的人
窥见山林女神的礼物
它闪耀光芒
一种生命的质感与穿透性
在风中被寂静串起
饰于万物之心

在心中行走

风在林梢掠过
步伐辽阔，遁于无形
它契合此刻的我
闭目静坐窗前，在心中行走
像一个蒙面侠客刺探自己的秘情
踏着心念，无数窃窃私语声

凌波微步，总赶不上悟空
在心中翻着跟斗的猴子
十万八千里，妄念此起彼伏
且轻笑，不必严肃
这是个神奇有趣的游戏
你知道在大雨滂沱的时候
大地万籁俱寂

万籁俱寂的，是你的心
你看见雨，听见雨，让雨天上地下流淌
就像你看见妄念，听见妄念
却没有捉住它严刑拷打
你放过所有的一切
那些来来往往缘起缘落的事物
如幻花生于虚空
不着一尘

我看见风在树里隐去

我看见风在树里隐去
那些无足轻重的事物在记忆中晃荡
被命运深深吸纳
然后吐出
我不断在解读并误读这一切
最后像一无所知的孩子
深深地沉默

风在树里隐去
就像我隐于万物，虚空隐于虚空
“我”仅存在一些概念里
走过这人间，如梦如幻

唯有目光外，冰川藏地
那一只转动经轮的手
在风里醒着
它安静摇晃着风
像摇晃远古的摇篮
把天地万物婴儿一样装进风里
悬挂于无界禅门

沐青花

抄一本经书。用一个冬季的时间
用冻红的指尖，问候佛
像问候远逝的父亲
用笔下的晨光
擦拭人间生锈的事物

沐一次青花。在超级月亮到来的日子
在心中的潮汐汹涌而至时
让一抔陶泥遇见佛
一朵青花绽放。梦渐渐落幕
每一朵青花都拥有一个醒着的目光

与我对视吧
那些渐来渐近渐走渐远的事物
此刻我一个人
隐居在一朵青花里
笑声清亮
信手拈来人间的清风明月
映进一杯水，悠然品尝

岁月这位兄弟

或者有着很深的悲伤，要与你商量
或者有着太过绵长的愉悦，要与你分享
几千年也就这一瞬，我记起这一切
那个站在镜前的自己，她照见
没有名字。没有容颜

一切过于物质的存在，都将被岁月隐藏
就像肉体告别肉体，隐藏于火
那么多蒙面人，暗恋岁月这位兄弟
我的好兄弟，他知道一朵花有一朵花的愿望
一棵树有一棵树的境况
只是岁月没有后门

我能做的，就是与万物并肩站在人间
观察并感受这一切。没有名字
没有容颜。无关悲喜
若我不小心活成一首面无表情的诗
过于节制，阴冷，失却温度
我的好兄弟，请你摇醒我
让我重回爱的江湖

我在我的异域。笑已出鞘
笑指长空

用伤口去周游世界

像亲人走进一颗玉的内心
每一颗玉石都是一个受伤的孩子
失去故乡，被肢解，打磨
外皮手脚扔在异乡的垃圾堆
只有无法识别的一个小器官
流落在你手里

你并不曾懂得那么深的人间风霜
收集一些伤口，炫耀一些伤口
此刻陪着它们听大悲咒
像听自己的心跳

每一颗玉石都在用伤口去周游世界
一个爱它的主人，就是它的第二故乡
你只能成为它们的第二故乡
深深地爱

当爱降临，所有的伤口都是鲜花
伤痛里，必有心花盛开，清风掠过
你与玉石一样，歇尽全力呈现
那朵花，那阵风

低头跨过人间的门槛

闭目离去的阿婆
低头跨过人间的门槛
唵嘛呢叭咪吽
泪水是尘世点燃的一支心香
抚摸那一头白发，像抚摸人间

九十岁，那是多短又多长的岁月
黑色长衫还没穿破
沾了尘土的布鞋还想着到菜园里走走
但是此刻，它们被扔进烈火
映着暮色，合十目送
一个灵魂放下梁美英的名字

人生的热闹走到最后，是一场火
每个人都走着同一条路
自己陪自己走到尽头，自己放下自己
无人能进入自己之外的生命

诵经的人，还在闭目诵经
经声绵绵密密，像无数萤火虫漫舞成路
通向极乐。隔世之莲绽放
恍惚间阿婆在虚空中灿然而笑
那只剩下门牙的笑
浸在我的泪水里
钻石般闪亮

没有结果，不带半点悲伤

长久注视命运的脸色
午夜藏在午夜里，凝望一棵树
孤独的树影刻进月光的肌肤
之后，如你般隐匿

这是一趟没有结果的旅行
深秋悠远，你安于这样的没有结果
任凭奔腾的事物浩浩荡荡涌进你的目光
不再因恐惧闭上眼睛
不再中途将其截断，不再
像从前一样断章取义称之为结果

你的窗户日夜敞开
你对窗的理解多于门
你在门后隐居
在窗前看见人间

那样的你，知道一棵窗前的植物
像星星一样矜贵
它照耀你走进寂静
走进邻居婴儿午夜的哭声
并确知那样的自己
像响彻黑暗的婴儿哭声
清亮纯净，不带半点悲伤

一场一场的皮影戏

你并没有认识多少人
也不认识自己
手机里庞大的通讯录虚张声势
当真正想说些什么时
你宁愿默默面对窗前的植物

有时你把头仰得很高很高，望着天空
流泪，流泪，流泪……
流泪是匍匐着的美德
但你知道，无数人看见的
是你高仰的头

那么脆弱的时刻，那么细微的表情
除了天空，与窗前的植物
谁又能看见呢
你只能一次又一次珍藏着
在虚空里与你对视的……

未知之物。疼痛会过去，欢乐会过去
此刻会过去。你也并没有站在这里
你已过去。一场一场的皮影戏
把你一层一层的剥落
你的那里并没有你

无所从来，亦无所去

我要抹去你所有的痛，抹去黑暗
亲爱的，请深深呼吸，呼吸
把爱吸进去，把光芒吸进去
把我注视着你的宁静目光
慢慢地吸进去……

然后，我将在你的心田开花
在你的肺腑微笑，在你的肝胆洒下甘露
在你的五脏六腑诵经巡游
唵－嘛－呢－叭－咪－吽
你的身躯是一座圣城
芬芳，吉祥，光芒涌现……

你安住于此时此刻
呼吸绵长，时光纤毫毕现
你是自己的清风，浮云，流霭
你是自己的朝阳，明月，星辰
心生万法，无所住

无所从来，亦无所去
你安于此刻，像一棵树安于大地
安于浩浩荡荡的森林
安于一阵风一场雨
你听见自己拔节成长的声音
在每一粒细胞里像秒针一样嘀嗒走动

当你像一粒念珠，被佛轻轻拔过

本自灵山一尘埃
化峰只为渡劫来
觉成重立须弥顶
万里浮云一眼开

写《飞来峰》时，你渴望千古留名
她还不懂人情世故的存在你的生命里
她总是不懂人情世故！但那多美
你们相视而笑，站在佛的双掌
被安详合十

当你像一粒念珠，被佛轻轻拔过
只剩她独立在佛的单掌中，迎风远眺
此刻的她，此刻的她，是谁呢
忽然想去飞来峰看看，去看看你
一个留在人间仰望着你的人
手执念珠，怔然无语

知道你不想看到她悲伤的样子
她搜寻宇宙所有光芒
放进你心里
让刺目的光芒完美遮掩
在人潮汹涌的路上
她曾哇哇痛哭
像一个痛失人间的孩子

一个影子躲进阳光里

多么庞大的恐惧！一个影子躲进阳光里
依赖着强烈的光，映照出自己
她多希望这冬天有一夏的烈日让她狂奔

她盯着那些“暗”汹涌蓬勃，卷土重来
盯着痛哭的自己，孤独站在镜子里
阳光披在身上像最后一件圣衣

只有在阳光下，她才放肆地哭
她害怕午夜的哭被黑暗劫持，带到更暗处
她喘气。在界限之外

一个睡了四年多的房间突然陌生
午夜醒来不知身在何处
她像被岁月忽然清空，归零，了无痕迹

她曾自傲于懂得那么多道理
可此刻没有一个道理能让她脱离痛苦
她被痛苦倒拎着，仰望失去依持的情感
在强烈的痛与觉知中，举足

踩碎一朵干花玫瑰。虚无的声响
捏碎时间与黑暗。生之浮梦青筋突现
安慰的朋友来了又去。她站在原地
沉默。面朝阳光。一日一日陪伴着自己

你在“空”里巡视

万物皆是“空”的食物
没有荤和素。死亡是一克拉的梦
穿越“空”绵密的维度
意识曾抛离肉体，无始劫轮回
你在这里，或那里。此世，或彼世
那又能有多远的距离呢
每一个起心动念，思念
皆在量子纠缠里起舞

物质是被固化的光
光芒消失在人类退化的眼睛里
你在人间的物质里固化自己
看不见自己的另一个化身
那此起彼伏，在虚空里荡漾的波频

万物静默。你在“空”里巡视
陪着一具具被称为“我”的躯体
在人间来来往往
每一个名字都是一个壳
把自己装在壳里
演完一出又一出的戏
唯有爱像一条虚线，若隐若现
指引着你默默前行

一切都无法被命名

空出足够多的时间
去发生了足够多的事

你学习“用正确的名字去叫每一样东西”
却发现一切都无法被命名

正确的名字。“我”有正确的名字吗
“如果一切的正确都在错误里，我在哪里”

在心里迷路的人，不管逃去哪里
都不过是逃进解决自己问题的程序里

你在庞大的命运程序里起舞
欣赏着自己笨拙的舞姿

一切都无法被命名
你欣赏着自己笨拙的舞姿

直至站在角落。“一切的错误都在正确里”
像扭转身的向日葵，看见阳光

理解这一切。到了最后你像一个局外人
渐渐理解这一切。与万物保持足够的距离

说说，你为什么这么悲伤

说说，你为什么这么悲伤
人间的泪水与痛哭都显得那么平庸
它达不到深处。那些你无法言状的深处
像汹涌暗流搅动着你

你在他离去后学习画画
你画了《一只麋鹿的美好时光》
画了《你所看不见的目光正在注视着你》
你不会画悲伤。你要画尽所有的美好
然后，若无其事的笑笑

用若无其事的笑，清洗悲伤
你长大了。大到皱纹可以装下人间
大到你足可以知道
你所站立的每一处，都是深处

你知道也会有另一个生命
从另一个点，寻找他到达不了的深处
也许那就是你站立的地方
你也终于知道，心的深渊不叫深处
那只是雨后浅洼地上的一汪情绪

所有的悲伤，都是一汪浅浅的情绪
你把自己缩得那么那么小，让悲伤淹没
度过一个阳光明媚的下午

月亮神殿里的泪水

古老的灯盏，如沉思者照耀着自己
没有名字的光芒。我的部落
隐没在千年前，山谷的回声中

在梦的边界发出一支响箭
醒来。枕畔秋凉

《Moon Temple》响起，像一级一级的石阶
沿着音乐再次走进我的部落
在想象里，古老的灯盏与我对视
它是时光的智者，照我千年

故人啊，烽烟已灭
你在哪里？！我站在千年后的窗前

若你来到我身边，却又已离去
若你的名字叫忘记
请原谅我，原谅这漫长的轮回
我失却的轻盈与舞步
此刻看到你的名字
就已伤心得像一滴湿透的雨

忘记。我更深的认识了肉体的生命形式
与用另一种生命形式存在的你

一道病了的闪电

那些人间的闪电
全都跑到天上去了
他们汇成一棵棵枝丫茂密的闪电树
深深扎进大地

你看到的只有骨络，没有叶子
这是一道病了的闪电
风雨神医也不知道它的穴位
隐于何处

没什么是你能拿捏到分寸不差的
你站在人间像一条孤独的白发
你不认识鲁迅或凡·高，你也不认识“他”
那些思想者艺术家与平凡的他一样
曾在人间深深喘息

当他们在天空走过
你只是用病了的目光
看见一道病了的闪电
瞬息闪耀，令你泪流满面

多么不易！在痛苦的时候
你允许自己痛苦。觉知着那痛苦之犁
在耕耘着你。一道闪电
照亮隐身之处。逃避者无处遁形

你感受到雨深刻的味道

50公里徒步。烈日。汗渍
湿了又干，干了又湿的心情
你的人生为什么要在一天走这么多路
这些路不是你想走的路
它让你跌倒在自己一个个念头里
看不见半点风景

盯着沉重的脚步，盯着崩溃的情绪
盯着这个你不知为什么要肩负着的世界
一个纤弱的身子，长出强悍的目光
还能盯着什么？你从没想过
要和存在作对。只能盯着自己
天暗了，大雨滂沱

从所有的暗中穿出
一个被雨湿透的人
你盯着自己
感受到雨深刻的味道

每一滴滑落发梢脸庞嘴唇的雨
都是圣者的教诲，渗透你盯着自己的目光
每一滴落在身上的雨，都比你更快的找到了出路
就像所有穿透你的暗，都比你更快的找到了光
此刻，你终于喜欢上所有比你快的事物
它们仁慈的拉着你踏上归途

狙击手

他们讨论的这个话题，离你很近
近到她忽然窒息。仿佛听闻你的呼吸
她转身离去，奔赴洗手间

她已无数次奔赴洗手间。这些日子
逃离无数离你很近的事物，像逃离悲伤
因为你，她的生活像突然涌现
无数精准的狙击手，从各个角度突袭

玫瑰。渔人。草原。沙漠。无名之茶
股票。毛巾。桌子。瑞士军刀
台灯。电脑。衣架。足球。窗前的植物
眼镜。西红柿。旧书。一条走了千遍的路
无数事物，都成了精准的狙击手
一夜之间，她被包围，沦陷

触景。伤情。被狙击手一次又一次突袭
她盯着那些狙击手，像盯着
曾经最怕惹她伤心的你

那些平凡的事物，被她赋予那么深刻的意义
她污染了一朵玫瑰，一场足球，一本旧书
她用悲伤污染了你。当意识到这一点
她竭尽全力抽离一切的深刻与意义
深深呼吸，走进虚空里
把笑容还回给你

告别

目光失去聚焦点，看着远方
贝多芬的命运交响曲
也许只是响在她心里
没有惊扰这个世界

可她心里充满伤感的思念
一定是打扰到你了吧
断断续续想起，断断续续放下
断断续续的波频像海浪拍打着你

被这样的思念拍打着，会疼吗
你曾那么怕疼，却在人间经历彻骨的痛
想到这一点，她艰难闭起双目
摁息自己的思念

摁息心的惯性。在浩浩荡荡的尘世
她曾竭尽全力消除你的痛，却未如愿
此刻她终于还能做最后一点努力
熄灭自己的思念，不再让你疼

站在光的源头目送你离去
之后，万物都活在爱里
流了很多泪水之后，她确知爱是你的名字
爱是一切存在共用的最平凡的名字

尘心若素

谢谢那一束美丽的桔梗
它躺在我怀里
安静地倾听我的心跳

那些看见你笑脸的人们
他们多么幸福
你用了半生的修为在对他们笑

桔梗温和的语气
像父亲的目光洒落在我身上

父亲，我也是幸福的
独自一人走在这宁静的街道
尘心若素

所有故事都睡去了
我醒来，醒来看看自己
像看一幅刚刚完成的素描

悲伤在我的笑容上荡秋千
它是调皮的孩子，荡完刚刚离去

剩下的岁月是不用想象的

你走到这个冬天最冷的深处
感受自己的温度

你不急。春天终将是会来的
一季完整的春天
总是在细枝末节处
一点点改变

你也在一点点的改变
像一株具有趋光性的向日葵
知道最暗的暗
你想看看最光的光

剩下的岁月是不用想象的
“稻子的旁边还有稻子……”
省略号是一条孤独的路
无人知道它通向何处

感激这尘世有无数的热闹
供我们错过。爱是相聚
爱为什么不能是别离
事情总是那么简单

你正在学习对一切简单的事情
敞开胸怀，心甘情愿

万物被虚拟

看着阳台上白色的玛格丽特
看了很久。像看自己被掏空的情感
如果这朵花不叫花
它会是什么

我真的认识玛格丽特吗
我真的认识你吗
如果人不被概念定义为人
人会是什么

死去真的是死去，活着真的是活着吗
那死去和活着的究竟是什么
在熟悉的概念与意象背后
我忽然被推进一个不可思议之网

万物被虚拟，虚拟，虚拟
这就是人类睁着眼睛做的梦吗
花知道它们叫花吗
小鸟知道它们叫小鸟吗

多么神奇！这一切都是什么
“我”在其中，却一无所知
小心翼翼碰一碰那朵叫玛格丽特的花
恍惚间，她像是婴儿扑哧而笑

感知一条鱼的风度

悲伤是一条鱼
快乐也是一条鱼
诞生在情绪这个大家族里
它们相视而笑，结伴而游
像知之甚深的莫逆知己

我是一条意识之河
让所有的鱼经过
不抓着悲伤，也不抓着快乐
凝望它们摆尾的弧度，如此优雅
如此有风度地从我的内在游过

我欣赏这一条条鱼的风度
它们让我学会成为一条有风度的河
放生所有的鱼。放生自己
欢迎它们款款而来，缓缓而去

用心浪织出送别的莲花手印
与飘扬的爱之裙裾
每一条鱼都是自由的
当它们跃出水面在风中绽放
那一刻就像你在我的脑海闪现
就像时光刻下的心之铭印
被清晰地看见

如果我走过的所有风景都认识我

那些结伴而来的风雨花
长着纤弱的身子
在庞大的人间
朝我轻笑

她们怎么就进入了这庞大的人间了呢？
进入了这个我刚刚涉足的清晨

我蹲下，蹲在她们身旁
像一朵蹲着的风雨花
平凡得除了笑
甚至都不知道自己的名字

我如此投入
如果我走过的所有风景，都认识我
我如何离去？

告别一朵风雨花，像告别此刻的自己
终于理解了自己为何如此容易遗忘
那些深刻的遗忘
像一把把钥匙，打开当下

我越来越多地待在当下
像一张白纸
过去，未来，波纹不惊

做一些你们不做的事

在一所寮房的荒草地上
遇见四支被丢弃的富贵竹
捡起。拿着它们走了半个风景区
最后安插于河边

为四支富贵竹找一个家
并祝它们活得健康开心
这样的旅途，像一个孩子
拥有可以珍藏的小秘密

我这一生漫无目的
就做做那些你们都已不做的事
写诗，发呆，喂喂蚂蚁
看一本书，转身忘记

从现在起，当你们忙大事的时候
我会做更多你们忘了做的小事
你若忘了微笑，我将一整天都微笑
并用微笑来打扰自己
你若忘了呼吸，我会更认真的呼吸
并请呼吸更深的去爱你
让你终有一天，记起它的名字

穿越万物，遇见自己

在风里穿越风
你的脚步是草原流动的呼吸
甩动的双手像蝴蝶的翅膀
汗水渗出表层，认识你后离开了你

你拥抱那棵孤独的树
像拥抱自己

更多事物，在认识你后离开了你
又或者，是你默默脱落于
牵绊的概念之线
像一滴雨，完整的回归大地

在你的眼睛里
我看见人间所有的风景
每一个在当下遇见自己的生命
都像一个婴儿
被“存在”完美地诞生

谦卑温柔地潜入此刻
潜入一棵树，一株小草，一朵花
穿越万物，遇见自己
呈现“那”无以名状的脉络
人间隐居在一条脉络里
与你握手言欢

一只拜忏的苍蝇

那只落在使君子绿叶上的苍蝇
在冬天的阳光里双掌合十
清静法身佛的筝乐
伴随着它的每一个拜忏

那个坐在旁边观察着它的女子
安静地朝它微笑
并为一只拜忏的苍蝇
发了一个美丽的愿

愿尘世所有的苍蝇
都如你
每一个合十
都拜向佛

拜向虚空
无始劫轮回以来
每一个披着外壳的“自己”
每一个合十都是把壳脱下的游戏

“那些脱下的壳去了哪里”
苍蝇脱下“苍蝇”的概念后是什么
如果你知道了，请你到时告诉我-----
女子笑着对一只苍蝇自语

你只是想这样去说这句话而已

自己跟自己待久了
越来越喜欢一些简单的事物
远离艰涩，让一切易懂
你怕那些自己不懂的自己
忽然出现，吓自己一跳

简单转身。走一条安静之路
万物静默。谁在乎此刻的语言呢
风只是吹，花只是开，你只是经过
你只是，想这样去说这句话而已
智慧可无限深入，宗教则适可而止

你热爱这条行人稀少的路
无人看的诗，和无人懂的你
吹着口哨，和着布谷鸟的节奏
或随意歌唱，大声自言自语
拍一拍石头向它问好

万物都是你的老朋友，它们安于一隅
如你般闲散，拙于应酬
有时你就带着万物走到人群中
遇见那些你从没想过要遇见的人
率真，谈笑，听听内心的掌声

谁在乎此刻的语言呢
你只是想这样去说这句话而已

一切都归于平静

一切都归于平静。岁月深处
受伤的目光，面具，无尽过往
它们都是你的婴儿，睡去
你终究成了古老的摇篮，慢慢摇晃

所有的“暗”，都是累了的天使在憩息
当确信这一点，你蹑手蹑脚走过暗
不再把天使摇醒

而“爱”是一个百变的模特
穿着款式各异的时装
你终于学会用不同的角度欣赏
光与暗，这不同时期的款式
命运之神为每一个人量身定做
你也终于理解自己最独特的那件衣服
为何费用如此昂贵

挣脱茧，振翅而飞的那一刻
蝴蝶才真正看见了自己的衣裳

一切都归于平静
你掏空了思绪的去处
在空无处，安息生命之痒
你若无其事，像一棵被风经过的树

2013年

2012年

万物是你的一汪波心

此刻，你静阅隐于水中的那一半

陪一棵树坐坐

落叶已经启航
山溪漫过脚踝流向远方
陪一棵树坐坐。它正在思念
每一年的每一个秋天
每一片叶子的每一次离去

多么丰盛。每一滴溪水
都承载着远方，承载着叶子的背影
每一个细微的潺潺之声
都是叶子捎回的信息

陪一棵树坐坐。它长久倾听溪流
阅读一封永远也读不完的信
远方有多远？像一次呼吸接着一次呼吸
岁月漫漫。一棵树在虚空里
听见叶子的脚步声，噼啪响起
在远方，那么多叶子奔跑
前赴后继，它们在奔向什么地方
为什么此处不是归宿

你想说些什么。却无语
你无法安慰一棵树
你也是一片奔跑着的叶子
只能低头，踢着溪水
以惭愧之心，陪一棵树坐坐

闭关

有人争吵。有人鸣喇叭。尘世的嘈杂
让她更清晰地看见静
她像一枚“静”的内核
稳住这个世界

在人潮汹涌的路上逆流
安静微笑，目中无人
她在心中闭关
每一个念头的涌现
都是她的关房

那些找上她的事
那些她避而不见的人
那个她
终成一记回响

在心的关房里长久倾听自己
悠长寂静的气息，渐渐溢出
回家。给一个七岁的小朋友
用正楷字工工整整地写一封信
写上她的名字
那一刻，她想念自己
想念了很久很久

虚构自己

在空无里演一出戏。虚构自己
像虚构一部情节不明的小说
阳光，无忧树，呼吸，鞋子
万物行走在途中，与我一一相遇

在心念的起伏里，把虚构的梦
穿成一件日渐发白的衬衣
之后脱下。晾在屋檐下
驭风。与自己对视

你慢慢抽离，于时光中
执一朵无名小花，执一个暗语
在意识的轮回里，一个虚无之人
在虚无中存在，爱着虚无

之后忆起光纤草在遗失的部落
每一个触点都伸向远方
那些来来去去的往事
川流不息，如信手拈起的风

幸福要怎样才不会变成异物

他花了一整个下午在想着这一颗糖
想着它为什么不是被含在嘴里
含出所有的甜蜜
想着它竟如此不小心
滑进了咽喉

再甜的糖，哽在喉里
都是一块异物

它溶化了没有？
整个下午他都坐立不安
他并不习惯体内
蠕动着一颗坚硬的糖

那么甜的时刻
幸福要怎样才不会变成异物

他在夜幕下追逐着光
但暗始终是暗。弥漫蓬勃
在身边。在远方
他竭尽所能点亮自己
像一只忽闪忽闪的萤火虫
如此小心翼翼
消化一颗坚硬的糖
像消化暗

当我说你越来越美丽的时候

每一个目光都会看见它该看见的事物
每一首诗都会遇见它该遇见的人
我遇见你，开怀大笑的样子
像人间的美梦。我们在遇见里告别

我理解这样的一种告别，它不是告别
从来就在一起，也是从来就远离
像一颗长在自己脸上的痣，陪伴这个身体
如此长岁月，我们却从未在意

只是有什么所谓呢？无论在哪都能听见
生命的欢呼。你的孩子真美
无论是在广州，还是慕尼黑或布拉格
他都是你最美的孩子，即使我忘了他的名字

我为你的离去感到高兴
当你住在布拉格半山的房子眺望大海时
你的眼睛就是我的风景。我已能想象
所有的美景，在每一个人身上生生不息

让我们在该相遇的时候再相遇吧
各走一个方向，转一个圈
让每一个细胞都装满人间的风景
当我说你越来越美丽的时候
那一定是我对整个世界的赞美

另一种语言的河源

一、路过我的隐居

这一路，遇见了今年最磅礴的雾
也遇见了我被式微的隐居
那些雾来自前世，来自今生
如宋词缭绕，飘在山间
即使只是坐在车里飞驰而过
也满足了我的隐居梦想
睁大眼睛，空茫凝望我曾屏蔽的一切
路过我的隐居，路过一份心情
我想象着应该换一个什么名字
来契合此刻的路过
如果每一个名字，都高于圣经
那所有的雾，都是我的水
完成梦的序幕后，清晰倒映
传说中的万绿湖，在时光中孵化的恐龙蛋
在河源，我在雾的美感里汲水而上
感觉在千万年前我曾拄着拐杖
背靠一蓑茅屋，独立微雨
看绵绵远山

二、让一本书去遇见一个人

带着《神秘花园》和《小王子》
来到这个僻远的山村小学

他们说这是慈善
公益活动参加多了
我越来越无法界定什么是慈善
那么多人在一点点表面的善里
引出那么多内心不自知的恶
而此刻我无善恶之念
我有深爱的《小王子》
有果实般的微笑
走那么远的路来到这里
我只想让一本书去遇见一个人
让一个人去遇见自己

三、镜花缘

没有一颗心是不会疼的
我要避过这个过于美的名字
避过一些镜花水月之事
在低处看向高处
所有的风景都是虚拟
海蜃楼别墅那只被人踩伤的蝴蝶
我仅能用一片落叶把它装起
安置于一棵无名之树

四、万绿湖之心

每一个人都活在内心的愿望岛
每一个愿望，都让人间生机盎然
万绿湖的愿望岛
湖水是她清绿的裙子

廊桥是她挂在脖子上的一串饰珠
她的心在哪里呢
这个冬晨，我长久徘徊冷风中
感受着她微弱的心跳
感受一个寒冷小岛失却温度的愿望
最后决定拿出心爱的水晶
让它回归愿望岛的水域
它将成为万绿湖之心
带着人间所有的祝福
潜入每一个愿望深处

五、时间内核里的记忆

我曾那么渴望拥有一颗恐龙蛋
拥有一份高于形式的
时间内核里的记忆
可是在河源，我们在黑夜里迷路
在恐龙走过的土地里
面对暗
我隐约理解了一只消逝的恐龙
它终将要放下的存在感
那庞大的骨架
没有支撑起明天
已变成化石的恐龙蛋
在黑夜里孵化着暗
一个物种远古的迷路
此刻像一盏明灯
在时空里照亮我
明天，我不用去博物馆了

六、风带走了什么样的风景

开车回广州的路上
载回了一窗一窗的风景
印象最深的，是风吹过了
风吹过了
桉树林里的每一片叶子
都弯腰，转过身，露出背面
背面，是另一种语言
埋藏浅灰的骨殖
风带走了什么样的风景
只有桉树林知道

在你身上流动的河

黑白琴键上飞舞的手
刚刚滑到那个华丽的高音符
你抬眼的一瞬
阳光从窗台倾泻而入

你觉得自己的目光像一把钥匙
开启了这三米阳光

开启了绿萝的呼吸
躺在音乐与阳光里飞舞的微尘
像是你体内流动的河
每一粒都有一个呼之欲出的名字

每一个名字都让过往隐隐的疼
却又疼出微微战栗的暖意

流出来吧！被禁锢的体内之河
你请求远远岁月里，那个固执的自己
像一个旁观者，你观察着她
在阳光与音乐里，流出陌生的笑意

星星在宇宙中禅坐

苍穹是古老的斗篷
每一个目光看不到的褶皱
都曾被隐居其间的灵魂
在午夜深深亲吻

星星在宇宙中禅坐
闭目迎接一些深远的事物

那个仰望天空的人
她知道自己什么也不曾看见
只有无数未知
从虚空涌来

有时她想流泪
流出所有的无法言说

那些深深相爱又转身相忘的人
需要轮回多少世
才能像一颗闭目的星星
安然在宇宙中禅坐

九成新的灵魂，一成陈旧

每一个意念都在迁移的途中
完美寂灭。心的游戏也由此开始
你知道的，九成新的灵魂
那被磨损掉的一成陈旧
是人间的茧

每一次呼吸困难，她都啊啊地叫着
拍打那一成陈旧，像拍打破棉袄
灰飞尘舞。Trouble is a friend
遇见这首歌的时候，她正竭尽全力
想在空气中挖出一个洞

把自己藏起来。像风藏进风里
藏进天地间无所不在的缝隙，与安祖花的呼吸
可她还是像狼突围一样，啊啊的叫着
无论怎么藏，还是藏在那一成陈旧里
人间的尾巴那么长，如她汹涌的泪

据说，九成新的灵魂活在另一个维度
它看着人间在笑。这是一个自己掰着自己
影子的游戏。她只能不停地朝光走近
直至传说中的光，形成90度直角
垂直照在她头上

理解无数个素未照面的自己

挤地铁，带着素描的目光
看一个男子的背

一件旧白T恤，7 个小洞
像一个静音器
滤去我心中的嘈杂之声

要多么深爱一件衣服
才能穿着 7 个小洞
走进繁华深处

感激此刻的遇见
让我站在足够好的低处
理解这个城市

理解一个素未照面的陌生人
像理解无数个素未照面的自己

那些未知的面向，潜伏
在对别人的投射中，无数的镜子
映照的是我们自己

你居住在掌中哪一条线

我爱你，亲爱的
像爱一颗被命运开水烫痛的种子
冬天是我招呼来的
把你埋在雪的深处
是否可以去除痛的印记？

慢慢的呼吸，慢慢接近
那些淹没你的事物
亲爱的，爱灌满我张开的双掌
你居住在掌中
哪一条线上？

把生命线割据给你
智慧线补给
情感线它长久裹着你的脚
对不起，亲爱的
请允许我像拆雷一样把它拆除

笑吧。万事万物都在等待着你
开怀大笑。你的鞋子盯着幸福盯了很久
它在等待主人笑声响起
跨过门槛，与另一只脚
在门的另一边相聚

背影

他的目光像一条深深的皱纹
刻进她的背影

习惯熟练地生活
像拉开每一条裤子的拉链
早晨或夜晚
都如口水般被无意识吞咽
直至这样的熟练变成一件费劲的事
他才停下打量生活

她迎面走来
脚步裹挟着日暮苍风
没看他一眼
直至擦肩而过
成为背影
背着一个男人的目光
像背着大漠风沙
嗖的一冷

有无数人是无须认识的
背影是恩慈。可以放下无数故事

对一些事物保持深度沉默

一颗水晶藏着三个太阳
把276个太阳戴在身上
此刻逆光而立的我
低垂双目，看一朵无名之花

温暖是岁月之线穿起来的
浮光掠影。它在记忆深处
捧出整个世界的光
自己洗涤自己

放下清冷之梦
带着笑意转身
对一些事物保持深度沉默

就像从来没有到过此处
没有经过此事
没有见过此人

无时间日

时间在岁月流逝中减肥
减成一条窄长的尺子
伸进生命的咽喉
量度灵魂于尘世的泪与笑

7月25日，玛雅人的无时间日
幻相女神被推进宇宙空无的黑洞
你陷进7月25。直至结束
都不知该怎么过“无时间日”

盯着秒针。像盯着浑浑噩噩忙碌的自己
它跑那么快，想去哪里
一次次绕圈，进入自己的圈套
它要怎样才能走出自设的圈套呢

在这个星球，时间被无数人谋杀
大家过着杀手的生活，被时间追赶
直至白发苍苍，走逃无路
被时间之王缉拿归案

而玛雅智者在时间里裸泳
看见了当下。看见“All time is now”
看见我们在一个“时间”的概念里沉浮
他走出概念，摘下繁重的头饰
仰天大笑

活在艺术狂想里的生命

生命是一场疯狂的虚拟
你要敬畏，那些沉默的意志
像高空飞扑的猎鹰降临
当你的笑容被捕获
诞生在别人的镜头里
当你意味深长的目光
穿透薄薄的镜片
你已不是那个你认识的你
你被定格在别人的艺术狂想里
像一场命定的旅程
某些东西被剥落，重组

此刻，你是一个亮丽的高音符
在旋律里流淌
在别人的感觉里滑翔
你被无数人完成

你要敬畏
那些沉默的意志
丰满你。削减你。赞誉你。诋毁你
某个时刻，你只能像一件作品一样活着
活出失控的艺术的命运
当某天这样活够了
你才会沉潜于心
像风抚过万物

我双手合十着的时间

我双手合十着的时间
要献给谁呢
天快黑下来了
一个乞讨的老人坐在街角

他的皱纹比我的目光
先来到他的脸上
他的身躯比我的意念
先来到此处
这是他的王国

他静坐在自己的王国里
与我相遇
与我内心的佛号
沉默响起

我双手合十着的时间
献给一切存在
合十。虚空融于虚空
时间在时间概念之外
水融于水，我融于我

你的目光弥漫着雾

经过幼儿园，你注视
牵着孩子的母亲
手背青筋突露
那些青筋像埋在她身躯里的光管
被孩子的笑声
点亮

幸福那么茂盛地在她的眼睛里疯长
以至于当她看向你
你的目光瞬间弥漫着雾
泪意在遥远的国度
涌向你

一个陌生人
用那么幸福的目光看着你
即使那幸福与你无关
可是那一刻它像一只红蜻蜓
落在你的肩上
你看着一个陌生人
像相知已久的老朋友
相视而笑

站在心消失了的地方

一、

你站在村庄的小水沟旁
仰首，点亮星空

青蛙是黑夜的隐士
穿越暗。谈诗。合奏交响乐
一些无名小虫
加进多声部合唱

你的手举起。打着拍子
像即兴的首席指挥

二、

你不确定是自己眨眼了
还是星星眨眼

星空闪烁。如无数水晶
轻轻相撞，撞出一种风铃之声
你的心在千万年前
已被星星的闪烁之声轻吻

那一刻，你站在大地。站在天幕
站在宇宙无法定义的原点

站在心消失了的地方

三、

你打着拍子。像召唤远古的自己
蛙声贴着大地，绵绵密密
它把你拱出来。把星空
拱出来。把你曾丢失的一切
村庄，树影，不知名的轮廓
一一拱出。你认识这些，那些
却不必形容，描述
你被时光流过
在暗野

四、

你走近自己
放下故事，背景，一切可依赖之物

看清黑夜，比白昼还白。真正的孤独
是你再也想不起孤独这个词
它是你若无其事捡起的
一颗温润之玉

寂静那样庞大。它从你的内心透出
溢在蛙声里，溢出地球
像星星不断涌现，铺满宇宙
你不悲不喜，仅仅是注视
注视寂静突显的纹理

五、

最后，你远离自己。感激一切外物
目之所见，耳之所闻，意之所触
它们是你在这尘世
仅剩的玩具

你爱这些玩具。它们是无价的钻石
辉映出方方面面的自己
它让笑声在笑声的内核升起
让哭声在哭声的源头
涌出汩汩泪意

每一次呼吸，吸进的是什么
你无法命名。你只是用鼻子牵着
这条绵绵不绝的纽带
在无形中挥舞
站起。蹲下。轻不着意
睡去。醒来

目光早已回到内心深处

在梦中驶向万物栖居之处
星宇浩瀚，像无数细胞
涌动在你的身躯

你的身躯是一个隐秘的图腾
无语之境里，古老的手印
曾在午夜寂静歌唱

那一条漫长的回家之路
野草熟悉了星空，也已熟悉了
你暮归的脚步

你是苍天长在人间的一双眼睛
观察着尘世烟火。无争世事
目光早已回到内心深处

爱的光年

用意念清洗地球的空气
用光过滤自己。你与万物同在
眼睛轻闭，静立窗前
每一个呼吸都已被深深祝福

在这一刻，爱是多么容易
太阳之子的光芒，渗透每一颗心
在轮回里，那两朵相依的桃花
它们走了多远的路
才走到同一棵树
走近至0.01厘米的距离
拥抱吧！在这爱的光年
安静微笑，让每一个看到你的人
都如临婚期

在这之前，你已深深忏悔
对不起，那些爱我恨我弃我拥抱我的生命
请原谅，所有我转过身面对暗的时光
谢谢你，理解古老的我走过的路
我爱你，无所从来亦无所往

2011年

2010年

心之界域

一朵等待你看见的花

如是我闻

空谷幽琴
荡漾唇边月光
纤纤素影
白衣对月望

菩提花开
一夜清风来摘
远方的你
此时共天涯

如是我闻
蟋蟀经声绵绵
如是我闻
心底对影成双

你会爱上这一切

你会爱上那些远离你的人
每一个人的离去，都让你再次看见自己
你用目光供奉距离
也供奉地平线初升的太阳

你会爱上那些洒在身上的阳光
每一粒阳光，都是你久远的亲人
它们在光年的距离里彼此燃烧
相爱，直至点燃你

你会爱上那被点燃的寂静
你的心在寂静里，如此丰盈辽阔
它穿透你，穿透岁月，穿透
水仙花侧耳倾听的模样

你会爱上这一切，时光冉冉
它们是张开又合拢的双掌
每一条纹理的呈现
都像消失时一样短暂

一朵等待你看见的花

用什么名字都无关紧要
你不认识我。我也未真正认识自己
每一个名字，都是一朵等待你看见的花

名字是一个人的秘密档案
塞满了一路走来的行李
我总想清理行李。分阶段寄存
所以我藏着，藏在不同名字背后

如果名人总是被名字欺骗
诸神一定深爱着那些无名之人
少一个概念，多一分自由
阳光穿透露珠，吻向叶脉深处

有更多可确定的事物
在我不再说出
一个旁观者的虚妄之词
之前，生命线简单地存在
如一个隐居的哲人
一朵等待你看见的花

那朵花没有名字
它超越你的意识与描述
它只是被定义为“花”

我从来不敢问他们蜜的味道

让我写完这首诗
写完这首诗，我就老去
时间摇晃着我
像摇晃一个怀中的婴儿
我不需要懂事
夜空中的星星是我的保姆
我看着它咯咯而笑

快乐是一个庞大的蜂窝
千疮百孔。无数人像我
采蜜，把蜂窝孔填满
谢谢那些鼓励我的人
他们赐我秘方
教我如何嗡嗡而飞
但我从来不敢问他们蜜的味道

他们笑容干涩。岁月的甜
还没进入他们的生命
那些秘方像篇幅漫长的人情世故
我不敢问他们蜜的味道
怕他们失却蜜最后的诚意
怕他们伤心，而我堵不住
别人的伤心之流。我不懂事
只想在岁月里咯咯而笑

那些沦陷于时间的事物

如果明天是我的生日
你送什么礼物给我？掌心刚刚温暖
它想握着冬天。谁帮我
拔开睫毛，吹落那一粒沙

像一个注视良久的名词
总是那一粒沙，让人泪流
它无法具体命名，没有历史
它如此琐碎地沾满其他事物
我抚着眼睛，像紧闭的贝

如果一粒沙是一颗珍珠的灵魂
它将被时间之流冲于何处
被打磨的荣耀，面目模糊
我迫切想成为自己
可是，我是谁

如果明天是我的生日
而所有的“生日”都沦陷在时间里
我送什么礼物
给自己

一个站在门外的人

你清晰看见，并解读着
那个在别人目光下表演的自己
她以为自己是主角
其实每一个主角都是戏子
演来演去，演的都是自己跟自己的对手戏

为自己打开无数扇门。却没有深入
她失却耐心，匆匆看一眼
觉得每一扇门后的故事
都不过如此

其实也没什么。一个站在门外的人
万水千山都是人间的道具
她在灵魂深处抚摸过那些纹理
知道没有终极的真相
只有影子之后追随着影子

她也像无数人一样，与影子为伍
站在人间，像一个个嗜睡者
此刻只是偶尔醒来
陌生地打量了一下自己

秘密约会

亿亿万万的太阳光粒子
奔赴在１．５２１亿千米的路上
悄无声息，静静落在
我的脸庞，身躯

此刻，它们为我而来
我是阳光翻阅的一本书
恬静。喜悦。感恩
在这冬季，温暖地被打开

太阳光粒子，开垦我的身体
种植太阳系的神话
我的眼睛，一粒来自水星的细胞
启动尘世最高的精神秩序，与它们拥抱

它们是我的祖先
告诉我亿万年前老家的秘密
我遗忘的曼陀罗花
摇曳风中，安静绽放

原谅人生的每一个错别字

黑夜捏着一条白发
电灯发着低烧
信栈在淡香中冷静反思
我遁入记忆，写一封信给自己
原谅人生的每一个错别字

天国的父亲若看见这封信
看见我的泪水，他必定比我更伤心
深谙哲理的父亲也许会告诉我
这个世界没有错别字
错别，是未知的暗语
每一个暗语背后，都有一扇门
开门或关门
迎接的都是自己

父亲，我迎接到自己了
从一个错别字打开的门出来
被风吹醒在异乡，伤感
总想走正确的路，做正确的事
最后，正确的是一个错别字
它坚固地存在，成为现实
我只能原谅一个错别字
因为你说过，存在从不出错
错的是我的认知

向宇宙垂钓

想象一下。你是宇宙的主角
总有一个镜头，在天空俯拍着你

抬头。看向天空。微笑
把梦想像火箭一样从眼睛发射出去

让梦想在虚空中长大，追随你
千百年轮回，自转在心的轨道

而你风轻云淡，静待此处
如同禅坐的渔人，向宇宙垂钓

钓起自己。钓起一个个自编自导的故事
钓起虚空之镜，无所从来

亦无所去。宇宙是一个念头
敞开，或关闭，一念而已

无名钢琴曲

忽然出现的清脆高音
让我惊悚
它像一把匕首
飞射而来

不知有什么被刺中
我被钉在
一首无名的钢琴曲

之后。深吸一口气
一棵树在风中
跳完一曲孤独的探戈
进退摇曳

做一个无人过问的自己

一条路能通向哪里？如果没有脚步
没有目光，没有心的涟漪
与它为伴

花朵在春色中。抑或春色在花朵里
它都是你。若有若无
挂于唇稍的笑意

我喜欢沉浸在，一些无人过问的事
与万物为伴。做一个无人过问的自己

花很长的时间，知道了一个红色的果实
叫野樱桃。就像花很长的时间
知道了自己

路过这里。或到达目的地
那个真正与你擦肩而过的人
更多时候是自己

头痛

你好！头痛先生，谢谢来访
我确认你为男性
你的痛如此浑厚，低绵
像充满磁性的男中音
痛波一圈一圈回荡

请原谅我的头，载满
多虑的脑细胞
它必定曾成为战场
在尘世之事中硝烟弥漫
今天才有劳你来打扫

谢谢来访，头痛先生
我与你一起查省某些垃圾
一边进行环保回收
一边进行销毁汽化处理
你是最高领导，当你板起脸时
我知道，“爱与和谐”绝不仅仅是
你远道而来带给我的一句口号
立——正！稍息
向你致敬！头痛先生

太阳水

有时我是清晰的，像刚刚划过的线条
笔墨未干。网摘一些句子
纪念人生中织过的网
此刻，对镜子里的自己说
我尊重你的命运
我理解你的局限
我完全接受你现在的样子

用蓝色玻璃杯晒一杯太阳水
每天早上，把太阳的光芒喝进去
这是我的药，在仪式中
让内心的黑暗消解

爱自己，有时只需一点点行动
一点点想法，一点点
自己对自己的退让
直至，无路可退
勇敢抱住自己跳向深渊

深渊是另一处人们未曾到达的天堂
那里阳光普照，水木清华
飞瀑直下的太阳水，像你的大笑
在人间横冲直撞

心之界域

我一生最想去的地方
是自己的内心深处
无数的我，守候在那里
等着与我遇见。看向天际
未来还未到来。此刻刚好，满月
刚好，可以基于一切的无知
走进浩瀚的人生

即使那么温柔地想起你
有点悲怆。想走进你走过的地方
看看那里的风景，是否还留下你的目光
可是这一切，不都是活在我心的界域里吗
就算你已离开，你又能去到哪里呢
风铃木已开满黄花，它看着我
影子被拉长。我的双脚
一直站在影子的脚上

影子漫过草丛。感谢走过如此多的路
总有那一盏视角独特的灯
在恰当的时刻，光芒照在恰当的地方
突显局部。隐藏完整性。我理解这个时刻
爱是我的宠物 。或我是爱的宠物
自己给自己特写的镜头，俯拍
内在的心念，在显微镜下阅读自己
阅读虚空，无尽的可能性

捕风的网

白云路过我的目光。天空深远
窗台之春，使君子伸着懒腰
枝芽呼啸而长，伸向远方
如欢呼的手，风起，肆意招摇

耐心地把使君子的长枝卷起
编成圆圈。一个捕风的网
把所有吹向我的风，用绿叶的咒语
过滤。我在一棵植物的温情里

以风洗心。沉潜。内敛
我经过了那么多的风。那些从四面八方
吹向我的风，它们像蒙面者
让我惶惑。我曾长久住在了风阁

消失了的了风阁，是一个更大的
捕风之网。它捕捉了我的忧郁
送给风，带到远方。我曾经的忧郁
长在一棵樱桃树上，笑容灿烂

一朵沉睡的花

梦是一条失忆的河流，在体内蜿蜒
那些散落在生命中的刺
被梦一一拔起，凝视

一朵沉睡的花，在梦凝视刺的瞬间
绽放。痛与美好都是孕育良久的自己
偶尔展示，偶尔隐藏

当喧嚣被抽离，寂静之光
在体内荡漾。万物如虚拟的幻影
躺在自己的目光里

去爱吧。爱这剥落的尘世
像母亲凝视怀中的婴儿，目光柔软
为它穿上一件温暖的内衣

一朵沉睡的花，当她睁开眼睛
刺已消失，尘世安静
她站在镜前，面对一扇打开的门

它能看见自己的背影

孤独，浓缩成一个胎记
使君子的笑声，像一幅漫画

春末了。折一枝笑声
插在三百公里外的一个庭园

使君子单独的存在
无人能进入这样的“单独”

那些命定没有果实的植物
一直在自己复制自己

它能看见自己的背影
在复制中一次一次淡去

只有孤独。越来越清晰
像一支拉满弓的箭

箭未发。笑已远。有什么所谓呢
发或不发，箭都在虚空里

路未远，树已老

这条路走了无数次。熟悉到像是自己的内衣
每天穿起，脱下，附着内心的体香

路上的老树被高楼囚着，枝丫远远伸出
像孤独的手攀缘窗台，挤着劲窥视
窗帘后的日子，灯亮，灯熄

老树渴望交朋友的姿势
像某种目光，被岁月定格

老树是这条路的主人。无商量余地
清冽的气息，充盈漫逸在一路的阴凉里
寸步不移守一方土地几十年
没有人的气场能与它们相比
人命定是每一条路的过客
他们各怀目的，匆忙来去

如果有什么，让人老得不知去向
一定是那条你走了无数次的路

遇见自己熟透的季节

刺是玫瑰的美德。骨骼坚硬
也许我是第一个被刺穿透
不再误解它用美德保护自己
内心渐渐人烟稀少的人

紫荆的种子在树上崩裂
银杏的黄叶风中自赏舞姿
田野深处，一只只应声而熟的番茄
它们比刺更坚韧，隐匿
更有不为人知的棱角

每一个生命，在时空展示的完整里
都必然会遇见自己熟透的季节
万物在我的目光里
总是轻易地比我先熟透

不急，我也已进入生命的慢镜头
观察着自己笨拙的生活
笨拙是我仅剩的美德
在神的目光里，我内心绯红

被语言围困的爱与伤害

不要多说。亲爱的，爱如此庞大
伤害也如此庞大。让我们慢慢弯曲
变成勾子，把爱与伤害挂起
一串一串，晾在春天

时间风干一切
我喜欢看你的泪水与笑容
呈现骨头的样子
我敬畏一些与美无关的实相
渐渐隐匿，像岁月盖下一枚印章

多累啊。让别人去互相赞美吧
我深爱你脸上的雀斑
像深爱一锅沸后冷却的水
无人知道那些寻找出路的基因
在一句话里，被围困

放下锋利的句子。不要多说
语言的变异远比我们想象的可怕
枝叶在风中过于飘摇
我们必须回到深扎土地的根
卸下幽冷的心光，自己与自己和解

内战

决定对你微笑
决定一个一个掏出自己
决定不再背叛自己所理解的
决定像解散三十年来组成的队伍一样
解散自己

只是每一个决定
最后都变成一个缺口
我就从缺口中逃逸
在物质世界里像游离的原子
把解散了的自己
一次又一次组装回去

我已厌倦这三十年来的惯性
千方百计把自己捉住
又千方百计放自己逃去
这是我的内战
请你远远站着，别参与
我刚刚再次自己变成自己的俘虏

生命中突显的局部

那些人全都躲进生活里
像一幅幅半途而废的漫画

谁还记得那个男人高昂的头颅
他脖子的线条还未画完
无人知道他如何完成最后的呼吸
当他习惯在命运中驼背，垂头
唯有那张漫画，像母亲
捧着他曾经的高傲

谁还记得那个女孩挥别的手
那枚戒指“叮”地在光里闪耀
那样的闪耀，是清脆的命运之声
在接通某些不为人知的细节后
于光中消遁。于她脸上
长出一夜浮梦的烙印

是的，更多人漫长的一生
都在寥寥数笔后掐断
那些突显的局部，像童话
有时我就抱着这些童话
号啕大哭

不再用剑指着父亲

尘世的忧伤是一把剑
我刚刚学会，不再用剑指着父亲

我放下那把剑了。内心开满
野菊花。在另一个国度
父亲是一枚更宁静的果实

一枚结在清明节之外的果实
仅需一颗清净之心
寂冥波光里 ，我祈祷
把彼此之心 ，一遍一遍洗刷

爱曾来过。并存在于此
我把剑埋在人间的路旁
你所认识的野菊花遍开其上

读一遍心经。想想你。无老死
亦无老死尽，无苦集灭道，无智亦无得

安养秘密之处的自己

沉默。等待另一个自己降生
等待一个不再被世俗琐事摧毁的人

推开一扇安静之门
你必须像一把挂起的伞
歇歇撑累了的筋骨

蜷缩在想象中，完成一些任务
牵自己的手，像一个风雨中的朗诵者
与披着外衣的倦意，并肩而走
即使秘密之处的自己跟不上步伐
你依然像不合格的母亲，背负着她

直至把她背进婚姻
背进金刚经里
深深地松一口气

风雨是另一种意义上的阳光
你在阳光下，陪伴着一棵跳舞的树

仁慈的种子

每一根羊毛，都是一只完整的羊
梦里，我与无数的羊为伍
羊毛被在虚渺中变成茫茫草原
我裹着草原，像裹着深邃的沉默之境
无数白羊在沉默之境漫步
像搔痒一样啃扯着我身上的草

笑醒。好奇打开被子，查看羊毛
感觉每一根羊毛都像生命的存储器
完美存储着一只羊最美的记忆
存储着羊意识深处的沉默之境

感恩这个冬天的每个夜晚
被存储着美好记忆的羊毛温暖
可现实中的羊，去了哪里呢
它们是在草原漫步？还是已流落餐桌
我仅能祝福被子里的羊毛
永远心在草原，像孩子一样无忧

在沉默之境里，也许我该向一只羊学习
把每一件美好的事，都储存进头发里
无论哪一条头发离我而去
跌落于地，它都是一颗仁慈的种子

重拾内心的风景

普陀山是秋天的耳朵
俯贴着大海。倾听
潮声阵阵拍岸
如天国遗落人间的情报员
传递着远方的信息

悄无声息走过。微笑
你是秋天的另一只耳朵
静静俯贴着普陀山
像一片放下心事的菩提叶
安然长于树上

人声鼎沸里，内核一样静驻
生命的呈现恰到好处
没有比此刻更好的人与事
喧嚣的他们，也是普陀山的叶子
风起了，沙沙作响

此刻海天辽阔，观音垂目
此刻尘心湛然，容纳了一切
也容纳了曾充满过错的你
合十，仰望观音的脸庞
重拾内心的风景

天堂之伞

天上的乌云汹涌而至
像一块庞大的巧克力蛋糕
覆盖着这个城市
唯有闪电是刀子，一刀一刀
把它切割

这是谁的生辰
那个在狂风中沐雨的乞丐
是这个城市唯一仰首祈祷的人
他双目紧闭，无人能猜测他的目光
是否像太阳千里迢迢
巡照故乡的田埂

我刚巧经过他的身旁
刚巧看到他的皱纹被闪电照亮
每一条皱纹都像刚刚挖成的沟渠
盛载着雨水。他的笑容
像一把缓缓撑开的天堂之伞

火车疾驰

火车疾驰，夕照满野
闪现的村庄像一桩桩往事
被疾驰的火车一一抛离
靠窗的旅人，目光散落大地
寻找沿途即将升起的一缕炊烟
像寻找自己的故乡，亲人

恍惚。你不太能确定自己的目的地
沿途那么多美景，为什么自己没有停驻
却在奔赴一个遥远的陌生之地
你觉得自己像一个被抛向天空的物体
随着抛物线惯性下落。却偏偏不落在此点
不落在彼点，而是义无反顾地落于
冥冥中注定的那一隅

即使这样，你还是有一点小小的甜蜜
当一些陌生人，即将变成你的亲人
你感觉这疾驰的火车，在驶向一种关系
它在疾驰中编程，把你送进一个关系网
到达目的地，你将变成妻子，媳妇，弟妹

火车疾驰，驶进黑暗。黑暗中的万物
更强烈地存在。群山悚然，村庄屹立

没有任何物事能被抛弃。铁路是一条线
火车是一个牵线奔跑的孩子
把一切过往像风筝般，放飞于黑暗

2009年

2008年

意起，影现

安

安，你的发梢被风吹乱，你站在
倾斜的山上。像一株刚刚折断
插在地上的杜鹃

安，请允许充满过失的风，用针线缝补
你破裂的脚步。请深爱诸神仅剩的
笨拙，刺伤你的肌肤

安，血是一颗流淌的痣，当它包裹
你的微笑，请掀起裙裾。黑夜
起舞，拥着倾斜的山，群星

安，天空多美。你一直遗忘，它是你的
梳妆镜。它映照着你所有遗失的礼物
眼睛，像寓言，被神安居

让我为你驻于这个尘世

奶奶的胎盘老了
父亲，你安于何处
粉末一样飘洒，归于大地
或者，躺在我的目光里

菊花发烧了
阳光一样金黄灿烂的十月
音乐温柔的裹着你
父亲，你终于成为婴儿
长在彼世的摇篮里

我远远地看着你
哼起那首古老的摇篮曲
父亲，尘世那么轻
让我为你重重地驻于这个尘世

让我老去。用老得像你一样的爱
种植一窗月光
在你重临大地的时候
我能用安稳的皱纹
迎接你

面纱背后的片段

一、冥

目光幽寂　像最后
一个颤音的消失

一场雨　把心裹着
像胎盘中卷曲的婴儿

你刚刚站在这里　像一颗
脱线了无意跌落的扣子

二、寂

此刻　你“像”那么多东西
被捕捉　描述　解析　比喻
被形容至失去真相

你像蝉翼一样单薄
却被暗处偷窥的目光
穿上臃肿的棉衣

三、风

我们想说的　这就是事实
落叶萧瑟的目光　舔着忧伤之秋

更多时候　是风在关门
风像一位多事的仆人
拒绝一些事物的进入
犹疑的你　躲在书后
叹一口气

一本空白之书

让时光如雨倾注，荒芜的记忆
厌倦一些匍匐的真理
如蚯蚓爬行。这洞，黑色的洞
我昂首。感觉天空越来越艰巨
像一顶我已戴不动的帽子
高高悬挂，待在那里

音乐丰满的肌体已萎缩
它偏离心灵，总想纠正一些什么
像训导员的脸孔，晃动
游离至我越来越不耐烦的高度
这虚浮的节奏与旋律
像一颗金光闪闪的假牙
让那些高傲的人们艰辛垒起的高度，崩溃

笑话是可笑的，却不再让人快乐
它像一把锥子顶着咽喉
我该说些什么呢
有时，行走在这个世界
你已越来越愿意失却所有的内容
仅仅成为，一本空白之书

时光之絮

像一个婴儿，憩息
记忆安睡，在飘舞的蒲公英上

我走进黄昏，探访一下自己
被风吹动的长发，像一条成长之路

有些故事长得像小叶榕
还在童年，就一根一根的长胡子

有些故事，长得像青苔
躲在阴凉之处，对阳光充满戒备

更有些故事，长得像骆驼刺
根系深深札进沙漠，寻找一滴水

……每一个故事，都像婴儿
被哄睡，憩息于时光的摇篮

转身。我终于可以像一个母亲
对曾伤透自己的孩子，不怀敌意

不为人所知

我想象着，我就这样写诗
像一棵树默默成长
不为人所知

我想象着，你就这样看着
目光像星星，远远躲在暗处
不为人所知

我想象着，我们就这样寂静
像同一躯体缓慢的呼吸
不为人所知

仅仅是，想象，一点点温暖
像初春悄悄访问大地
不为人所知

你阅读着我，也阅读着自己
阅读着所有语言未尽之意
不为人所知

拿我的狼狈来下酒

你说，要拿我的狼狈来下酒
仅此一句，已让我畅怀，哈哈，干了
我将贡献出人生所有的狼狈时刻
与你共饮。老朋友，你的镜头过于锐利
若我不笑，必定比悲伤更悲伤

有时我惧怕你的镜头。有时却渴望
站在它下面，探访未知的自己
每一个镜头，都是你的武器
它盛开人间的烟火，照亮此刻
你蹲下，跪着，侧身，抓拍每个角度

你能理解无数的角度。所以我的狼狈
算不了什么。艺术性的解读
有助于完美人生漏洞百出的故事
之后，你读圣经，我读佛经
圣佛同途，经经入心

之后，我爱你的神，爱所有美好的事物
而你的美好，向来能引领我们的笑声
引领我们像一棵棵萱草，忘忧
漫步在午后的无名钢琴曲里
一边品茶，一边闲聊，一边大笑

飞翔的倒影

苍茫大地，晨鸟高高飞起
如圣者，迎接万缕阳光
这伟大的晨之仪式，从远古走来
每天气势磅礴地上演

而我却沉睡于都市，在高楼中
仰望一方天空。唯有想象
在群山之巅，张开双臂
迎接万缕晨光

飞向我吧！晨鸟，迎接晨光的圣者
请飞向我沉睡的心，与消失的羽翼
千万年前，我一定也曾迎着晨曦
像天籁，飞翔于白云飘舞的胡子
飞翔于大地高低起伏的皱纹
飞翔于一棵树的年轮
与一汪清泉的波心

而此刻我是飞翔的倒影，紧贴大地
双脚是消失的羽翼，穿着高跟鞋
它踩疼了大地之心

我怀念，早上落在阳台的小鸟
它衔来飞翔之梦，与我对视
像探望被囚的老朋友，目光忧郁

牵手

我疑虑是自己在加工着一种神秘的晕眩
有什么东西在你粗糙的掌中被磨砺
必定是倒下去的麦子，在你扶起它时
轻吻了你的掌心，你牵着我的手
我感觉到了麦子温暖的微笑
与春天的气候

你戴着眼镜审视某些东西
像扶起麦子一样，扶起我
那倒下去的青春，与熟透的果实
在加减乘除里，渐由惊慌变坦然
牵着你的手，像牵着你隐隐的白发

我一点一点知道了路的语言
不疾不徐的脚步，寻找着自己
没有什么可以将“我”呈现
全面地准确地，像一粒空气嵌入另一粒空气
唯有心情复杂，凝望这个城市的灯火
凝望着人间，牵你的手
津津地冒汗

微笑

一不小心，写疼了一首诗
而微笑，还挂在唇角

微笑必定站着
没有一张舒适的凳子
被岁月喊着操令
立正，立正，立正

微笑悲悯的看着诗的“疼”
就像它悲悯的看着自己

它将与每一种境况交朋友
展现在释迦牟尼佛的唇角，拈花而笑
它也必定能让一首疼痛的诗
找到自己的出路

在人间，微笑要走很远的路
才能从释迦牟尼佛的唇角来到我的唇角

微笑是一尊佛，隐身于万物
也隐身于我的唇角
当我一边微笑一边泪流时
佛与众生都很美

不可多得的蝴蝶

不可多得的蝴蝶，深海藻类的目光
披着夜色，想一首诗
无人出现，诗境一片空茫

阳台若没有植物，那将是多么枯燥
人们将过着多么面无表情的生活
不可多得的蝴蝶，不愿淹没
在蜂飞蝶舞的百花丛中。她飞向高处
寻找一个个花开的阳台

寻找一种超乎想象的生命底色
一处独立的风景，一个独立的梦
她在我目光的秋千里，荡得那么孤独
遇见她时，了风阁绿萝幽垂
太阳花正灿烂盛开

那就陪我吃吃饭吧。你的清冷
像月宫，单薄的挂在天上
我那么想给你，大米的温暖

我们放声大笑

种了一个阁楼的植物
安抚某些躁动的黑暗。了风阁
多少风波一了百了，或不了了之
从你幸福的一粒一粒数着米饭
到今天大口大口咽下，失声痛哭

从什么时候开始
你变成一个受伤的天使？
我变成奔赴伤口的止痛良药？
亲爱的，现实噘着嘴
我们手忙脚乱，哄不好现实

而最终，我们放声大笑
我们哄着自己，自嘲自乐
笑声响彻每一条走过的路
我对很多人说，你是我最美的朋友
那么累的善良，都让你做到了

那么累的善良！一颗充满光芒的种子
播种在茫茫宇宙银河系地球这颗星星上
有时我想，你是怎么来到这颗星星的呢
那么远的路途都让你来到了
放声大笑又算得了什么

老顽童

一、老

让一个男人老去不是件容易的事
被诸神惩罚的西西弗斯
命定的巨石不断从山坡滚下
一直滚到今天，滚到神话在唾沫中老去
他还有着神秘莫测的青春之脸

无数男人，心中霸占着无数玩具
烟柳春闹，宝马奔驰，宫殿房子
无序捆扎的人民币数字。这些欲望
是你打碎散了一地的玻璃
你赤足而行，走出一条血红之路
刺痛我的目光

阳光太刺眼。光的折射是场华丽的阴谋
无数人以为，你脚下走着的
是一条钻石之路

也许，满地的碎玻璃是老去的钻石
你的近视与散光，被讨债者追缉
惊怒的冬雷滚过外婆的灵堂
滚过你跪着的膝盖
轰出严厉的逐客令
你带着仅有的满脸胡子

与黑风衣，踯躅离去

也许所有的欲望，都是西西弗斯
那块命定的石头必定滚下
滚下到命运像纸一样飘于半空

让风雪代我送你一程吧
让路边失去叶子的枯树
成为我的目光。若干年后的今天
我仅仅是认识了你的背影
在我静静的注视中
瞬间老去

二、顽

江山在我手？抑或天涯在小楼？
苏州的太监弄，帝王的美味依旧
你却在一只令人垂涎的叫化鸡面前
咽喉被打上封条。叫化鸡不是叫化吃的么
你洗涮着一堆脏碗，确认自己在工作

——归去来兮，请息交以绝游
一双曾把玩过名贵古瓷的手
现在搅拌着清洁剂的泡沫
把玩着被现代人吃脏了的现代瓷
——去浊污以舒啸，临清流而赋诗
必定有一种况味，在此之前
已被无数人尝透
你今天重尝，津津有味

——聊乘化以归尽，乐夫天命复奚疑
应该有一曲口哨
伴随着哗哗的洗碗声响起
合奏这完美的交响曲

命运有时用不着像贝多芬那样激昂
蛰伏的时候，我总是遗憾
天才的贝多芬，没有吹响
一曲断断续续的口哨
真高兴你能挽着陶老爷爷的手
采菊东篱下，为五斗米折腰
并顺便大笑乌江
埋掉项羽这个自杀英雄
然后用你一日千里的轻功
高歌长笑跳进她的桃花岛
大声嚷嚷，黄小邪
上酒——炖狗肉——

三、童

哼！狗肉你也敢吃？！
桃花岛的狗你也敢炖？！
黄小邪与老顽童大战五百回合
最终打成平手达成协议
老顽童只能吃他们都不认识的狗

可是，哈哈，黄小邪会认识所有的狗
世界上每一只狗，黄小邪已给它安上名字
小宝小贝小花小刀，随便什么

注定一辈子没狗肉吃的老顽童
还蒙在鼓里，得意扬扬的准备猎一只
黄小邪不认识的狗。只是老顽童
正因为黄小邪认识所有的狗

所以她要把你带进长着胡子的童年
用笑声清洗伤口，与诗经里的上帝交朋友
揪出老去的钻石，为一朵鲜花
与一堆牛粪的故事，喋喋不休

父亲曾让她在最无路可去的时候
回到童年。带着心灵的皱纹
像孩子一样，清澈而温暖

她不知道你还想去哪里
她只能回到童年，并一直在寻找
那个能在童年陪伴着她的人
她对人生所剩的愿望
就是不再计算生命与时间
让所有的生命与时间
都是重新定义的童年

一朵花就已开满人间

一朵花就已能开满人间
但必须在一些间接的事物上
闻到馨香

太阳挂在天空，那么庞大的一朵花
每天固执的行走，从东到西
从古到今，从你的眼睛到我的眼睛

光芒四射。它把自己打扮得如此耀眼
让一个纤弱的女子感到害羞
它想干什么？寻觅亿万年
其实没有爱人可以和它匹配
它只能活在万物里
活在你我偷偷凝望的眼睛里
进行神秘的光合作用
获得一个女子怦怦直跳的心
和满脸绯红的至高无上的赞美

沉默的江湖

微笑是天籁。被风干的紫色勿忘我
支撑一个冬季的微笑。无人知晓
一朵干花艰辛的职业

她撕掉一张又一张写满字的纸
废纸篓装着满满一筐沉默
咀嚼被撕碎的思想

她在沉默的江湖
经营着内心古老的城堡
尊重每一次撕碎，重建

尊重现实，捂着一声声咳嗽
捂着一点点心事。窗台的绿萝
望着远方，刺目的阳光像失实的情节

勿忘勿忘，染我韶华
她在无味的勿忘我喷上Gucci Rush 2
伴着暗香，隐身一个沉默的江湖

七点半

每天清晨，隔壁开门总是七点半
那个女孩是一个准时的闹钟
我不好奇她长什么样子
也许我已默认，她长得像七点半

这世界无数人长得像七点半
准时活着，睁着警惕的眼睛
为一份工作跑得像秒针
而这城市，跑得再快的秒针
也是被堵在公共汽车上

所以今天，我躺在床上
缓慢稳重如时针。写这首诗
想想生活，想想自己
其实也长得像七点半
只不过我稍稍有点幸运
是那一条时针

忧伤的穴位

那只手在梦里，一直伸得很长很长
像蚯蚓一样伸向我，托起我的脸
静默不动。我惊惶地睁着眼
想找到手的主人
可是那条手臂在我的目光之外
像一条被无穷延伸的路
陷入黑暗

我忽然泪流，静静歌唱
脸被托着，对着一只没有主人的手
像对着一座隐没的圣坛
泪水滑落，沾湿它的指尖
那只手瞬间晶莹透亮
一层淡淡的薄光，一路蜿蜒亮下去
亮向远方。然后消失，飘散

我也许只是这只手的一个忧伤的穴位
飘移主人体外，被它从远古追寻
梦里相见，它像母亲一样
确认我的泪水，确认我的歌唱
而我在这样的确认里，被照亮
有了某些深刻的改变

童年

她的童年是一棵被砍伐了的树
躺在荒野。羸弱的躯体
承载不起一个名字
她曾弃它而去，决绝委屈
如一条仰望天空的鱼

只是她看到父亲长在天空的脸
慢慢下坠。坠回与坟墓同高的地平线
她的目光追随着父亲
看到了躺在地平线上的童年

看到了大地，这庞大沉敛的坟墓
活着那么多抢夺时间的物种
她的童年与沉睡的父亲一样
对时间不感兴趣，矜持的躺在一旁

捡起童年。像捡起一片枯叶
捡起某种深刻的表情
捡起一种古老的无须命名的属性
她笑笑，撕掉内心黑暗的封印
转身，拎着童年面对阳光

穿越王的国度

一、在文字的国度里

深度，微悦，公式，阿拉丁神灯
一个文字踩着一个文字的足迹
如流星划破夜空，向前奔赴
无目的地，幻变，不停歇
在一个陌生的世界里
所有文字，都被光照亮
你无法想象那些光来自何处
就连“黑暗”的黑暗
也拥有至高无上的神谕
一种生命的秩序
完美地在文字王国里排列

所有文字，都在无声歌唱
当宇宙加速膨胀
每一个星系都在彼此远离
我仅能猜想宇宙中失落的情绪
全都跌落在文字的国度里
变成一个个虚拟的符号
无数在虚空中缘生的生物意识
像一个个数据置换器

这里喧嚣而寂静，风月无边
每次走进文字王国，都无人能预知

下一秒出现的，会是什么故事

二、我的老朋友悲伤公主

所有文字，都被光照亮
“悲伤”是绽放的百合
如此热情，仰着脸，微笑注视着你
在文字的国度里，“悲伤”并不悲伤
她被大家尊称为人类的公主

她总是轻易就被人类邀请
一次又一次出席人类灵魂的盛宴

我已很久没有与公主相约
但她沉郁的气息，在某些日子里
是一曲弥漫不散的心音
她曾优雅地与我携手共游蓝湖

只是她的贴身侍女忧郁症常趁人不备
把人绑架到歇斯底里树下
直至某天，我在悲伤公主面前
给了她侍女一记耳光

这是我第一次看见忧郁症侍女痛哭
悲伤公主却抚掌大笑
悲伤原来并不悲伤
那些“被你以为” 的沉重事物
像癌细胞，在缺氧的角落畸形成长
当欢笑的空气如潮水涌进

悲伤公主其实就像邻家的小女孩
扎着两条辫子，灿烂纯真

和悲伤公主成为老朋友后
她意味深长地介绍了她更多的臣民
遗忘和尚，且行姑娘，
百辨军机处长，自在大侠
当我问国王是谁时
悲伤公主笑笑，转身离去

三、不曾看我一眼的遗忘和尚

“没有人曾真正的认识你
你也从来没有认识你自己”

“你只是一次又一次地把自己遗忘
不管你曾投注在自己身上多么深情的目光
你一直在干的一件事
就是一次又一次地把自己遗忘”

“因为你忘不了尘世那些杂乱之事
你把所有的杂乱之事，像泥土
糊在自己身上，糊成一个坚硬的壳”

“你是谁？ 在文字王国里进进出出
在观念里相互扯淡。你就是一个壳
我看或不看一个壳，都心如明镜”

第一次遇见遗忘和尚时
他闭目静坐，不曾看我一眼

那一刻，他不但遗忘了我站在他身边
也遗忘了这个包裹着他的人间

当我确知，即使我站在他身边一千年
他都不会看我一眼时
我对他说了上面加着双引号的话

双引号，是必须要加的
它不但是遗忘和尚的耳朵
更是一条双方接收波频的天线
从他那里到我这里，都在虚空里
看或不看，都没有半丝距离
那些话不知是他说的，还是我说的
所有文字都自动涌上我的声带
撬开我的唇，像山泉纯天然地流了出来

“可是国王是谁？国王是谁呢？”
我一边自言自语，一边转身离去

四、超级人生探险驴友且行姑娘

字典里长出的玫瑰没有香味
字典里长出的刺，是一个解释

有时你什么都不需要明白
但当你以为自己一切都明白了的时候
其实问题与答案都是骗子

人生探险，高难度线路的超级驴友

且行姑娘没有秘密装备
她衣服简朴，目光纯净

甚少话语，话语早已在她的世界睡去
但她的宁静一直醒着，偶尔笑笑
像一朵白云从天空飘过
她不打扰这个世界
也不打扰自己

若有一些概念像杂草，在我的脑子丛生
且行姑娘则是一个拔草人
不停地在做自己能做的任何事
却像什么也不曾做过

心净了，一切都了无痕迹
且行且行，风过万物，不沾尘事
而我的尘事也无从问起
关于国王是谁

五、一言不发的百辩军机处长

好吧，我是一个拙于人情世故的客人
每次走进文字王国
我这过于自大与高傲的人类灵魂
总被百辩军机处长尾随跟踪

好吧，我还是一个路盲
总能不慌不忙的走进一个个死胡同
然后，我知道了住在死胡同里的那些人

他们是活着的，他们有响亮的笑声

当我也在死胡同里放声大笑的时候
百辩军机处长走了出来
他意味深长的看着我
递给我一张通行证

好吧，原来每一个死胡同都是军机处
笑是他们唯一的语言
一言不发与百辩
唯笑而已

意识到自己是一个谦卑的名词
站在被形容词围追堵截的迷宫里
我像懵懂的孩子放声大笑
好吧，我不再关心国王是谁

六、心无所得，自在大侠

近观一朵凋残的桃花
已在花心孕出一个小小的桃子
我知道了那早早出发的对于花逝的悲伤
过于浅薄

那些在时光中迁流不息的事物
它们一次次改变面目
一次次出现在你面前
你却只顾着悲伤，再也认不出它们

就像我认不出自在大侠
而他却像老朋友
好整以暇的看着我笑

他曾经来过，也匆匆离去
他是一首熟悉的老歌，一株陌生的绿植
一颗被你闲闲踢着前进的石子
一朵流云，一声鸟鸣
他是所有那些你经过却未认出的一切

此刻回首，我看见了他
万幸，他总是在时时刻刻的当下
我需要的只是看见，看见，不停的看见
直至开怀畅笑，在捉迷藏般的人生里
万物皆自在，他无处循形
我追着他跑，大声嚷嚷
我知道国王是谁啦

七、从来没有戴过王冠的国王

我与他撞了一个满怀
他穿着白衣，扶着冒失的我
他是爱。我进入了他目光里的笑意
与深刻的悲悯，光芒，温暖

爱是一个从没戴过王冠的国王
行走在无边的国度，他总能遇见
每一个寻找他的人。他刚刚治愈
一个哭泣的孩子，与一只孤独的小狗

而我撞翻了他端给孩子的一碗水
那碗水滋润了我疲倦的脚
和被我千里跋涉的土地
“一点都没有浪费，但对不起。”

被治愈的孩子，端来另一碗水给我
他与爱看着我在笑。小狗亲着我的裤脚
每一个生命此刻都是家人。我们认出彼此
瞬间共同拥有，无边而辽阔的笑

八、在一个庞大的梦里，王的觉知

闪着光的文字。在一个庞大的梦里
她用微笑向一切存在致以敬意

秋的光芒，藏进一枚果实
携着满野时光，与国王一起散步

王的觉知，一个宇宙原点上的视野
无所不在，也仅仅只是在此刻，此处

风经过，进入芨芨草的生命
之后，摇晃着与一朵无名小花起舞

一个素衣女子，站在原野
阅读着风，芨芨草，无名野花

要美好到足够让一切结束，或诞生
安静呼吸。在隐藏的光芒里